Brad Huebert

Die Stimme des Königs

Eine dramatische Reise nach Hause

NEUFELD VERLAG

Aus dem Englischen von Antje Balters, Bremen

Dieses Buch ist auch als E-Book erhältlich:
ISBN 978-3-86256-709-6, Bestell-Nummer 588 776E

Die Deutsche Bibliothek verzeichnet diese Publikation in der Deutschen Nationalbibliografie; detaillierte bibliografische Daten sind im Internet über www.d-nb.de abrufbar

Umschlaggestaltung: spoon design, Olaf Johannson
Umschlagbilder: © ShutterStock˙
Satz: Neufeld Verlag
Herstellung: GGP Media GmbH, Pößneck

4. Auflage 2014

3., erweiterte Auflage 2012

© 2010 Neufeld Verlag Schwarzenfeld
ISBN 978-3-937896-91-5, Bestell-Nummer 588 776

www.neufeld-verlag.de / www.neufeld-verlag.ch

Bleiben Sie auf dem Laufenden:
newsletter.neufeld-verlag.de
www.**facebook**.com/NeufeldVerlag
www.neufeld-verlag.de/**blog**

NEUFELD VERLAG

Für Paul und Kevin,
wahre Brüder und Bürger
des Königreiches

»Trachtet zuerst nach dem Reich Gottes«
(Matthäus 6,33)

Inhalt

Vorwort 9

Danksagungen 11

Einleitung 13

Kapitel 1: *Basileia* 17

Kapitel 2: *Das Buch der Pflichten* 27

Kapitel 3: *Nachjagen* 37

Kapitel 4: *Die Quelle* 51

Kapitel 5: *Die Schlacht* 61

Kapitel 6: *Absturz* 69

Kapitel 7: *Erwachen* 73

Kapitel 8: *Das Buch des Lebens* 79

Kapitel 9: *Gnade* 83

Kapitel 10: *Gestillt* 99

Kapitel 11: *Rhythmus* 109

Kapitel 12: *Sieg* 117

Kapitel 13: *Veränderung* 127

Epilog 137

Fragen zur Vertiefung und für das Gespräch 139

Vorwort

Manchmal wird etwas, das wir bisher wie durch »dunkles Glas« gesehen haben, plötzlich lebendig und klar. Für mich war die Lektüre von *Die Stimme des Königs* ein solches Erlebnis, bei dem etwas sehr klar wurde. Brad Huebert lädt uns darin ein zu einem neuen Verständnis der Freude, der Freiheit und der Gnade im Reich Gottes, und er tut das auf dem Weg über unsere Phantasie. Für Menschen, die dem König nachfolgen und es einfach leid sind, Bücher zu lesen mit Titeln wie *10 Schritte zu ...* oder *15 Punkte, um ... zu ...,* wird diese Geschichte sowohl Unterhaltung als auch Anregung sein.

Trotz der Unmengen an Hilfen zum geistlichen Wachstum, die es in der westlichen Welt gibt, hat die Kirche offenbar nur in sehr eingeschränktem Maße Einfluss auf die bestehende Kultur um sie her. Mehr Einsatz, mehr Arbeit, mehr Dienst helfen da auch nicht weiter. Vielleicht brauchen wir einen ganz neuen Ausgangspunkt, eine neue Definition dessen, wie wir uns an der Beziehung mit Gott freuen und sie tatsächlich genießen können, und zwar so, dass der Fokus dabei mehr auf dem Sein als auf dem Tun liegt.

Die Aussagen dieses Buches haben den Filter von Brad Hueberts persönlichem geistlichen Weg, seiner Beziehungen innerhalb der Familie und seines Einflusses als Pastor durchlaufen. Er steht mit beiden Füßen fest auf der Wahrheit des Wortes Gottes und er ist von einer großen Leidenschaft für Gott erfüllt. Er lebt seine Geschichte – und das können wir auch.

Randy Friesen, Abbotsford/Kanada
Direktor von Mennonite Brethren Mission and Service International (MBMSI)

Danksagungen

So viele Menschen haben dazu beigetragen, dass *Die Stimme des Königs* als Buch erscheinen konnte. Danke, Mutter und Vater Huebert – ihr glaubt an mich seit dem Augenblick, als ich auf die Welt gekommen bin, und habt das stets durch eure Geduld, eure Gebete für mich, durch finanzielle Unterstützung und lebenslange Ermutigung in Bezug auf diesen Traum unter Beweis gestellt; Brian und Sonia Huebert, eure finanzielle und moralische Unterstützung bei diesem Projekt war von unschätzbarem Wert; Vater und Mutter Warkentin, Mark und Nena Huebert – eure Liebe und eure Gebete sind ein ganz entscheidender Beitrag; Tim Geddert – ich habe dich um etwas Zeit gebeten und habe begeisterte Bestätigung erhalten, ein tolles Feedback und großartige Unterstützung weit über meine Bitte hinaus; Randy Friesen – du hast zu einer Zeit ein inneres Reich-Gottes-Leben deutlich sichtbar vorgelebt, als ich genau das unendlich brauchte, und du hast ein großartiges Vorwort für mich geschrieben; Dalhousie Community Church – ihr beschenkt mich damit, mich sein zu lassen, wer ich bin, und betrachtet das Schreiben als spannenden Teil meines pastoralen Dienstes; Noah, Glory und Joel, meine unglaublichen Kinder – ihr habt es euch gefallen lassen, wenn ich auf gemeinsamen Wanderungen, zwischen Schwertkämpfen und Gutenachtküsschen immer wieder am Laptop gearbeitet habe, und ihr macht mir so unglaublich viel Freude; und schließlich meinem König – du bist der großartige, der

11

prächtige allmächtige Herr und Gott, mein einziger Erlöser, der mir jeden Tag aufs Neue Leben einhaucht. Du bist all meiner Liebe und Treue würdig in diesem und im kommenden Leben.

Einleitung

Weil ich ein dermaßen dickköpfiger Jünger Jesu bin, habe ich erst acht Jahre lang mit diesem vertrackten Manuskript gerungen, bevor mir klar wurde, weshalb ich das, was ich zu sagen hatte, offenbar nicht zu Papier bringen konnte.

Es ist ein Buch über das Reich Gottes, und wenn Jesus über das Reich Gottes lehrte, dann hat er dabei die traditionellen Gliederungen und Aufrisse vermieden. Er hat keine langen, aufgeblähten Abhandlungen ausgearbeitet oder eine Drei-Punkte-Predigt rausgehauen. Wenn er über das Reich Gottes lehrte, dann waren seine Methoden dabei herrlich einfach. Entweder demonstrierte er seine Macht – und praktizierte das, was die Leute sehen sollten – oder er regte ihre Phantasie durch provozierende Geschichten an, die unter die Haut gingen und die Zuhörer zwangen, die Wahrheit Bissen für Bissen durchzukauen. Er verwendete Gleichnisse.

Und das war letztlich auch der Grund, weshalb die Idee, die ich gern vermitteln und in einem Buch niederschreiben wollte, ebenfalls nur als Geschichte funktionieren konnte. Gott wollte, dass ich ein Gleichnis schreibe, das vollgepackt ist mit schönen, einprägsamen Bildern.

Kurz nachdem ich mir selbst in den Hintern gebissen hatte – und zwar mehrfach –, warf ich acht Jahre Arbeit in den Papierkorb und fing noch einmal von vorn an. Die Geschichte schrieb sich dann quasi innerhalb von ungefähr zwei Wochen wie von selbst. Ehrlich gesagt, bin ich selbst gespannt, wohin das alles führt, und deshalb habe ich auch keine symbolhafte »Jedermann«-Figur erfunden, mit der Sie sich identifizieren können. Die Geschichte handelt von mir, von Brad Huebert. Der Protagonist der Geschichte bin ich also selbst. Ja, viele der Offenbarungen, die die Hauptfigur in meiner Geschichte erlebt, stehen für Momente grundlegender Kämpfe und Triumphe, die sich in meinem Leben tatsächlich ereignet haben. Ich hoffe, dass ich mich beim Schreiben stetig weiter verändere – und dass Sie, während Sie miterleben und zuschauen, wie ich mich verändere, sich ebenfalls verändern.

Wenn ich Ihnen noch einen Rat mit auf den Leseweg geben darf: Lesen Sie das Ganze mehr als nur ein Mal, weil es viel durchzukauen und zu verdauen gibt. Ich glaube, diese Geschichte eignet sich auch gut für Kleingruppen. Dort kann man dann im Gespräch in die Praxis übersetzen, was das Gelesene für den ganz normalen Alltag bedeutet. Und ja, dieses Buch soll tatsächlich Ihren Lebensstil verändern. Ich glaube, dass genau das auch geschehen wird, wenn Sie es zulassen.

Und noch ein Letztes: Weil ich derjenige bin, der diese Geschichte schreibt, nehme ich mir die »künstlerische« Freiheit, mich an einem eher unwesentlichen Punkt so richtig auszutoben, nämlich in Bezug auf meinen Namen und meine Familiensituation, um die Geschichte passend zu machen. Ich finde zwar, dass Brad ein ganz anständiger Name ist, aber ganz unter uns: Ich habe mir an dieser Stelle eigentlich immer etwas mehr Pathos gewünscht.

Von jetzt an bin ich deshalb … Ivan. Das klingt doch schon ganz anders, oder? Irgendwie mittelalterlich. Es heißt, dass Menschen, die ihr Leben durch eine epische Linse betrachten, es als erfüllter und befriedigender empfinden. Dem stimme ich voll und ganz zu, und deshalb werde ich Sie auch genau dorthin mitnehmen.

Das Beste daran, die Wahrheit in Form einer Geschichte zu erzählen, besteht darin, dass ich Ihnen tatsächlich zeigen kann, was Jesus meiner Meinung nach bedeutet, was er schenkt und tut, ohne dabei seitenweise theoretische Erklärungen niederschreiben zu müssen. Ich kann Sie einfach bei der Hand nehmen und den

Schleier der Welt lüften, wie sie aussehen könnte, wenn Sie die feuchtkalte Schwelle des Fleischlichen überschreiten und mit den Augen des Glaubens schauen könnten. Und vielleicht, ganz vielleicht, werden Ihnen ja wirklich die Augen geöffnet, während wir das gemeinsam tun, und für uns beide wird nichts je wieder so sein, wie es einmal war.

Wäre das nicht phantastisch?

KAPITEL 1

Basileia

n den drei Stunden, seit Monica mit dem silbernen Kleinbus der Familie rückwärts von der Garagenauffahrt gefahren war, hatte Ivan zwei komplett sinnfreie Fernsehshows angeschaut, die Arbeitsflächen in der Küche gewischt, eine halbe Orange gegessen, den Rasen hinterm Haus gemäht, vier Absätze eines Artikels über Wander-Seelöwen gelesen, den Kühlschrank nach irgendwelchen genießbaren Resten abgegrast und wäre auch mindestens ein Dutzend Mal beinahe niedergekniet, um sein Leben Jesus zu übergeben. Er war bereits seit langem das, was viele Leute als christlich bezeichnen würden, aber schon allein beim Gedanken, sein Leben ganz und gar Jesus auszuliefern und sich auf ihn einzulassen, brach ihm der Schweiß aus.

Er schaute auf die Uhr. Noch achtundsechzig Stunden waren von dem Wochenende übrig. Monica und Sarah waren zu Monicas Eltern gefahren, damit er einmal etwas Zeit für sich hatte, um nachzudenken und mit Gott ins Reine zu kommen. Als sie es so geplant hatten, war ihnen dieses Arrangement ausgesprochen sinnvoll vorgekommen. Aber jetzt, wo seine beiden Mädels weg waren, vermisste er sie schrecklich und hatte mittlerweile alle Ablenkungsstrategien zum Einsatz gebracht, die ihm eingefallen waren. Wahrscheinlich war es wirklich sinnvoll, einmal etwas länger ungestört Zeit für sich allein zu haben, aber im Haus war es sehr viel behaglicher und wärmer, wenn Monica und Sarah da waren.

Er nahm ein gerahmtes Foto in die Hand, auf dem sie alle drei zusammen abgebildet waren. Es war letzten Sommer am Meer aufgenommen worden. Ivan lächelte wehmütig. Auf dem Bild standen sie zu dritt an einem blau gestrichenen Bootssteg, Arm in Arm – aber Monica und Sarah hatten etwas, das er nicht hatte. Sogar die Kamera hatte das aufgedeckt und eingefangen. Ihre Wärme und dieses Strahlen, das von tief innen kam, das wollte er auch – diesen klaren, einfachen Glauben, diese Freude –, aber das bedeutete, dass er sich jetzt hinknien und es hinter sich bringen musste. Nein, keine Ausflüchte mehr: Es wurde Zeit. Er rutschte vom Sofa, ging auf dem Wohnzimmerteppichboden auf die Knie und schloss die Augen. Er war wild entschlossen, sich nicht von der Stelle zu rühren, bis er es hinter sich gebracht hatte.

Ein gewaltiger Seufzer, der ihn selbst schaudern ließ, entfuhr ihm, als er endlich das Gebet sprach. Es kam herausgesprudelt wie perlender Wein, der einen widerspenstigen Korken aus der Flasche herausdrückt. »Ich kapituliere, Herr Jesus. Und die Antwort ist Ja. Ich stehe dir ganz zur Verfügung.«

Während er sprach, fanden die herumwirbelnden Bruchstücke seines halbherzigen Glaubens einander und nahmen Gestalt an. In seinem Innern verschob sich etwas, rückte zurecht, sprang an und wurde lebendig – und das alles gleichzeitig. Sein Herz gehörte jetzt dem König. Das spürte er, und es bedeutete zugleich, dass ihn jetzt mit seinen beiden Mädels noch etwas mehr verband – etwas ganz Besonderes. Er musste sie unbedingt anrufen.

Ivan öffnete die Augen und sah sich nach dem Telefon um. Das Licht hatte sich irgendwie verändert, genau wie die Luft. Ein fremdartiger Hauch strich an ihm vorbei. War es eine Brise?

Wo war er?

Ihm blieb vor Überraschung die Luft weg, denn er kniete auf einer prachtvollen Steinbrücke, die sauber und schneeweiß im Sonnenschein erstrahlte. Die Brücke erstreckte sich über mehr als einen

Kilometer und überspannte eine schroffe Schlucht. Er stand genau in der Mitte, am höchsten Punkt des majestätischen Brückenbogens. Eine kalte, eckige Turmspitze ragte in den Himmel über ihm empor, und direkt vor ihm fiel in einem sanften Gefälle die Brücke wieder ab, bis sie schließlich auf eine Mauer traf, die eine strahlende Stadt auf dem Berg umgab. Schweißperlen rannen ihm vom Haaransatz aus herunter und brannten in seinen Augen.

Wo um alles in der Welt war er?

Als er sich umdrehte, sah er am anderen Ende der Brücke noch eine weitere Stadt liegen, die pechschwarz war und völlig in drückende Düsterkeit gehüllt. Giftige Rauchwolken waberten widerlich stinkend wie geflügelte Kreaturen darüber und umkreisten sie wie Geier. Es sah so aus, als wäre die Stadt voller Menschen, die nur noch auf den Tod warteten, ein Anblick, der einem das Blut in den Adern gefrieren ließ.

Die Brücke zwischen den beiden Städten war starr und unbeweglich, aber Ivan machte trotzdem nur kleine zögerliche Schritte in Richtung der hellen, strahlenden Stadt. Die sanfte Brise bewirkte, dass um ihn her eine düstere, öde Stille herrschte. Er hatte nicht das Gefühl, an einem Ort zu sein, sondern es kam ihm vor wie eine Stelle zwischen Orten. Die einzigen Geräusche, die zu hören waren, stammten von seinen eigenen schlurfenden Schritten, von seiner Zunge, die immer wieder leise schmatzend seine Lippen befeuchtete, und von seinem knurrenden Magen.

Die Stadt sah aus wie eine auf den goldenen Berg geklebte, prächtig verzierte Hochzeitstorte. Tausend leuchtend grüne Fahnen wehten sanft von den Befestigungsmauern, und die in die Mauern eingelassenen Türme waren mit wunderschönen Wolken wie glasiert. Einigermaßen erleichtert stellte er fest, dass das Haupttor in der Stadtmauer weit offen stand. Das sah ja zumindest freundlich aus. Und wieder fragte er sich irritiert: Wo bin ich?

Als er sich dem Stadttor näherte, wurde er von fröhlichem Gesang begrüßt. Je näher er dem gewaltigen Tor kam, desto lauter wurde der Gesang und desto heller und strahlender die Stadt. War er tot? War das hier das Himmelstor? Bei diesem Gedanken machte sein Herz einen Satz, bis er die riesigen Buchstaben las, die über dem Tor zu lesen waren:

Basileia.

Bevor er weiter über diesen Namen nachdenken konnte, strömten freudestrahlende Menschen zum Tor heraus, tollten herum und kamen auf ihn zugesprungen. Als er sich umdrehte, um nachzuschauen, über wen oder was sie sich so freuten, konnte er nichts entdecken.

»Du bist da, du bist da«, jubelten sie.

Er drehte sich wieder um und stand einer gebeugten Frau mit einem braunen Schultertuch gegenüber. Ein Dutzend andere Leute mit leuchtenden Augen und echtem, strahlenden Lächeln umkreisten ihn, umarmten ihn und klopften ihm auf den Rücken, als wäre er ein heimgekehrter Held.

»Wo bin ich?«

Die Frau zog kaum merklich ein ganz klein wenig die rechte Augenbraue hoch. »Na, in Basileia natürlich. Du hast doch dein Herz dem König geschenkt.«

»Ja«, entgegnete Ivan, sich an sein Gebet erinnernd. »Aber das war doch ganz woanders und nicht hier.«

»Ja, ganz woanders«, sagte ein kleiner Junge und nickte zustimmend. »Das war da drüben, in Kakos.« Er zeigte hinüber zu der finsteren Stadt. Ivan lächelte den Jungen an und versuchte, ihm zu erklären, dass er sich irrte.

»Nein, nicht in Kakos. Dort bin ich noch nie gewesen.«

»Doch, das bist du. Das sind wir alle. Wir kommen alle aus der schwarzen Stadt. Wir kommen alle aus Kakos.«

Ivan wollte das Kind gerade berichtigen, als die ganze Gruppe wie aus einem Munde sagte: »Kakos ist unsere Mutter, aber Basileia ist unser Zuhause.«

»Bin ich tot?«

»Nein, nicht tot«, sagte die Frau. »Du lebst. Du lebst ewig.«

»Aber ist dies dann der Himmel?«, fragte Ivan zunehmend ungeduldig.

»Das haben wir dir doch schon gesagt«, erwiderte der kleine Junge grinsend. »Das hier ist Basileia, das himmlische Königreich!«

»Aber wo ist meine Familie? Mein Haus? Mein Auto?«

Die Leute lachten wieder und tätschelten ihm den Rücken.

»Jetzt sind *wir* deine Familie. Willkommen hier bei uns.« Und damit machte die ganze Gruppe kehrt und tollte durch das Tor zurück in die Stadt. Ivan kniff – immer noch verwirrt – ganz langsam fest die Augen zusammen.

Basileia – das Königreich, aber doch nicht der Himmel? Er hatte in der Gruppe keinen seiner Freunde aus der Gemeinde entdeckt, und er war ziemlich sicher, dass er dort eigentlich Monicas gesamte Verwandtschaft hätte antreffen müssen. Wer waren diese Leute? Ihm kam das alles jedenfalls sehr merkwürdig vor.

Ein wenig abgeschreckt von dem tanzenden Begrüßungskomitee, warf er noch einmal einen Blick zurück auf die schwarze Stadt und wieder lief ihm ein Schauer über den Rücken. Er konnte sich nicht erinnern, Kakos je zuvor gesehen zu haben, und dennoch kam ihm der Anblick seltsam vertraut vor. Nichtsdestotrotz beschloss Ivan, sein Glück in Basileia zu versuchen, und durchschritt deshalb zügig das gewaltige Stadttor.

Direkt hinter dem Tor blieb Ivan kurz stehen, um sich zu orientieren. Ein paar Schritte vor ihm stand eine Mauer, die stolz und golden hoch empor ragte. Zu seiner Linken befand sich ein offener Torbogen und zu seiner Rechten eine Steintreppe, die aufwärts führte.

»Alte Stadt oder Neue Stadt?«, fragte eine schleppende Stimme zu seiner Linken. Er drehte sich um und erblickte einen beleibten Mann, der hinter einem Verkaufskarren stand und ihn angrinste. Dem Mann fehlten etliche Zähne und sein zotteliges rotes Haar hing ihm jungenhaft bis über die Augenbrauen in die Stirn. Ivan erwiderte das Lächeln.

»Ich bin neu in Basila.«

»Ba-si-lei-a«, korrigierte ihn der Mann langsam mit leicht schräg gelegtem Kopf. Aber dann wurden seine Augen plötzlich ganz groß und er sagte: »Oh, tut mir leid. Du hast noch gar nicht dein Buch, oder? Das habe ich ja ganz vergessen.«

»Mein Buch?«

»Ich soll den neuen Leuten hier ihr Buch geben. Das ist meine Aufgabe.« Er grinste stumm und hielt ihm ein dickes, in Leder gebundenes Buch hin. »Hier. Und verlier es bloß nicht.«

Ivan nahm das Buch entgegen und blätterte in den schönen Seiten herum. »Wozu ist das?«

»Alte Stadt oder Neue Stadt?«

Ivan seufzte und kam zu dem Schluss, dass der alte Kauz ihm nicht weiterhelfen konnte. »Wofür entscheiden sich denn die meisten Leute?«

»Fast immer für die Alte Stadt.« Das Gesicht des Mannes war ausdruckslos.

»Na, dann wähle ich auch die Alte Stadt.« Ivan schlenderte zu der Treppe hin.

»Dann zeigt es dir, wie es geht!«

Der Mann versuchte sicher nur zu helfen, aber Ivan hatte das Gefühl, von einem Deppen belehrt zu werden.

»Was?«

»Das Buch. Es sagt dir, wie du ein guter Bewohner der Stadt werden kannst.«

»Toll! Danke.« Ivan klemmte sich das Buch unter den Arm und winkte über die Schulter noch einmal dem Mann hinter sich zu, während er schon die Treppe hinauf ging. Es wurde Zeit, herauszufinden, wo er eigentlich war.

Als er eine zweite kopfsteingepflasterte Ebene erreichte, schaute Ivan sich auch dort erst einmal um. Offenbar war er in eine Art altertümliches Wohngebiet gelangt. Die Stadt hier war ein bisschen kleiner, weil sie etwas höher lag. Dutzende von Bewohnern wuselten um ihn herum und gingen ihren Alltagsbeschäftigungen nach. Hier kümmerte sich offenbar jeder um seine eigenen Angelegenheiten, denn er wurde von niemandem angesprochen. Ein Stückchen weiter die Straße hinunter erstreckte sich eine Art Markt. Auf

Drängen seines knurrenden Magens beschloss er, zunächst diese Richtung zu erkunden. Er würde erst einmal einen Happen essen und dann weiter erkunden, wo er eigentlich war.

Der Markt war ein uriges Kaleidoskop von Marktkarren, die überquollen mit frischen Waren wie Fisch, Hühnchen und Bergen bunter Nüsse.

»Neu in Basileia?«

Ivan drehte sich um und sah eine Marktfrau mittleren Alters, die hinter einer Pyramide leuchtend grüner Äpfel stand.

»Ja, ich bin erst vor ein paar Minuten angekommen.«

»Na, dann willkommen zu Hause.«

»Sagtest du ›zu Hause‹?«

»Hier, probier doch mal einen.« Sie warf ihm einen Apfel zu.

»Aber ich habe gar kein Geld.«

»Ach, das ist schon in Ordnung«, entgegnete sie. Ivan biss fest in den Apfel – teils, weil er hungrig war, und teils, weil er dachte, der herzhafte Biss könnte ihn vielleicht zurückversetzen auf sein Ledersofa im heimischen Wohnzimmer. Es war ein leckerer Apfel, aber leider veränderte sich seine Realität dadurch nicht das kleinste Bisschen. Er wollte schon weiterschlendern, um sich die Stadt etwas genauer anzusehen, blieb dann aber doch noch ein wenig stehen.

»Hast du sonst noch etwas auf dem Herzen?« Neugierig zog die Marktfrau eine Augenbraue hoch.

»Ich habe dieses nagende Gefühl, dass ich eigentlich etwas tun müsste.«

»Aber sicher solltest du das. Das müssen wir alle. Manche Leute glauben, dass dieses Gefühl verschwindet, wenn sie erst mal hier angekommen sind, aber das ist ein Irrtum. Normalerweise ist es wie ein sanfter Druck, eine Art Last, die der König uns auferlegt. Wenn man besonders treu ist, wird diese Last meistens sogar noch stärker. Das ist ganz normal.«

»Ach, normal also? Na, du musst es ja wissen. Aber was soll ich denn jetzt mit diesem Gefühl anfangen?«

»Hast du schon dein Buch gelesen? Das Buch wird dir alles sagen.«

»Ich bin ja gerade erst angekommen, und ehrlich gesagt, habe ich eigentlich auch nicht vor, lange zu bleiben. Ich muss auf jeden Fall wieder nach Hause.«

»Also wenn du von heute an jeden Tag in dem Buch liest, dann werde ich dir sagen, was du tun sollst, und auch deine Fragen beantworten, ja?« Sie zeigte auf den Buchumschlag, in dessen verblichenes Leder Worte eingeprägt waren, Worte, von denen Ivan ziemlich sicher war, dass sie dort noch nicht gestanden hatten, als der zahnlose Alte es ihm überreicht hatte. *Das Buch der Pflichten* stand da.

»Okay, es ist so wie die Bibel. Wo soll ich anfangen?«

Die Frau zwängte sich hinter dem Karren hervor und kam zu ihm herüber geschlendert. Sie nahm das Buch und blätterte darin, bis sie eine Stelle ziemlich am Anfang gefunden hatte. Sie schob einen Streifen braunes Papier zwischen die Seiten und klappte das Buch dann wieder zu. »Da.« Sie lächelte, als sie es ihm wieder zurück gab.

»Fang langsam an, denn es gibt viel zu lernen, und später kann es ziemlich kompliziert werden. Sorge einfach dafür, dass du am Dienstag nicht den Tempel versäumst.«

»Tempel?«

»Alle treuen Stadtbewohner kommen einmal in der Woche im Tempel zusammen, um den König anzubeten. Die Zeremonie beginnt abends um acht.«

»Den König? Meinst du Jesus?«

»Ja, aber wir nennen ihn hier nur den König.«

»Also gut, danke für den Apfel und deinen Rat. Dann sehen wir uns ja wahrscheinlich am Dienstag, wenn ich bis dahin nicht selbst schon mehr heraus bekommen habe.«

Als er das sagte, entdeckte er einen kleinen idyllischen Park ein Stückchen weiter die Straße hinauf mit einer freien Bank im Schatten. Er beschloss, sich dort ein Weilchen hinzusetzen und in seinem neuen Buch zu lesen. Vielleicht würde er ja auf diese Weise erfahren, wo er war und weshalb er hier war. Wenn er Glück hatte, gab es am Ende des Buches ja sogar ein Glossar, in dem all die neuen

Worte erklärt wurden, die er hier jetzt schon gehört hatte: Kakos, Basileia, Pflicht, Tempel.

Tempel.

Er rief der Frau noch eine letzte Frage zu:

»Äh, welchen Tag haben wir heute eigentlich?«

»Montag.«

»Und diese Sache mit dem Tempel…«

»Ist immer dienstags, also morgen. Um acht.«

»Gut.«

KAPITEL 2

Das Buch der Pflichten

van fand tatsächlich eine Art Glossar hinten in dem Buch der Pflichten. Beim Durchblättern erfuhr er, dass Basileia »Königreich« bedeutete und Kakos »böse«. Das leuchtete ein. Er hatte sein altes Leben mit allem Versagen und der Sünde hinter sich gelassen und sein Innerstes – sein Herz – ganz Jesus ausgeliefert oder besser: dem König. Anscheinend bedeutete das, von jetzt an hier in Basileia zu leben. Komisch, das hatte sein Pastor nie erwähnt.

Was aber vielleicht noch wichtiger war – wo befand sich Basileia eigentlich, und wie war er hierher gekommen? Er suchte mit dem Zeigefinger das Glossar ab, aber es gab keinen einzigen Eintrag, aus dem hervorging, wie er von seinem Wohnzimmer aus in dieses seltsame mittelalterliche Königreich gelangt sein könnte. Und um ehrlich zu sein, er hätte es sich bestimmt noch einmal ganz genau überlegt, dieses Gebet zu sprechen, wenn er gewusst hätte, worauf er sich damit einließ.

Was war mit seiner Familie, mit seinen Freunden zu Hause, mit seinem Job, mit seinem neuen Auto? Hatte er das wirklich alles für immer hinter sich gelassen? Ivan schüttelte den Kopf. Der König hatte alles verändert, was ihm vertraut war, alles, was ihm am Herzen lag und lieb und teuer war. Er musste unbedingt so schnell

27

wie möglich wieder zurück nach Hause. Vielleicht war das ja auch alles nur ein Traum oder irgendeine Art seltsame Vision, so ein virtueller Raum, in dem die Realität glaubenseifriger Christen erlebbar war.

Als er das braune Lesezeichen wiederfand, das ihm die Marktfrau in das Buch gelegt hatte, betete er wieder. »Herr – ich meine, König –, ich weiß nicht so genau, was hier eigentlich los ist, also, um ganz ehrlich zu sein, habe ich nicht die leiseste Ahnung. Ich hoffe jedenfalls, dass mir dieses Buch dabei hilft, wieder nach Hause zu kommen.« Er fragte sich, ob er den König wohl wirklich noch persönlich kennenlernen würde, bevor er hier wieder verschwand.

Ivan fing an zu lesen. Er brauchte nicht lange, um festzustellen, dass der König einen großen Teil des Buches vollgepackt hatte mit ganz banalen Regeln, was zu tun und zu lassen war. Dann war das hier also genau so wie in seiner Gemeinde zu Hause. Nun war er aber ein unabhängiger Denker und damit so ganz und gar kein Typ für Regeln – doch wenn es sein musste, dass er sich an die Regeln hielt, dann würde er das eben tun. Er fühlte sich wie ein unwissendes Kind, das alles ganz neu lernen muss: Laufen, Sprechen, Essen, sein Geschäft zu erledigen, Beten, Lobpreisen. Wie um alles in der Welt sollte er sich das nur alles merken? Dann erinnerte er sich an die gescheiten Worte der Marktfrau. »Fang langsam an, es gibt viel zu lernen.«

»Ach was!« Ivan beschloss, sich erst einmal einen Abschnitt vorzunehmen und sich dann auf die praktische Umsetzung des Gelesenen zu konzentrieren. Er überflog die Regeln hinten im Buch und stieß dabei auf einen Punkt mit der Überschrift: »Die korrekte Auferbauung«. Er wusste zwar nicht so genau, was »Auferbauung« konkret bedeutete, aber er wusste, dass er alles richtig machen wollte, also schlug er das Buch auf Seite 381 auf und fing an zu lesen.

»Gute Bürger von Basileia sind Menschen, die eine korrekte Form der Auferbauung praktizieren. Jeder gute Bürger muss sich täglich Zeit für die Stille Zeit nehmen. Während dieser Zeit soll er im Buch der Pflichten lesen und zum König beten, denn das erwartet der König von uns, und zwar konsequent und ohne Ausnahmen.«

Doch, das leuchtete ihm ein. Er hatte sich dem König ausgeliefert, und da konnte er jetzt kein Zaungast mehr sein. Von jetzt an würde er jeden Morgen eine gewisse Zeit für den König freihalten und dabei dann auch gleich ein paar Fleißpunkte sammeln. Wenn der König mit ihm zufrieden war, würde er ihn ja vielleicht eher wieder in sein Wohnzimmer zurück lassen. Ivan beschloss jedenfalls, alles zu tun, was dem König gefiel, denn schließlich war es zu Hause immer noch am schönsten.

Als Ivan dann weiterlas, fand er auch den nächsten Abschnitt sehr hilfreich. Darin wurde skizziert, wie lange seine Stille Zeit dauern und wozu er sie nutzen sollte, das heißt, was er während dieser Zeit alles tun sollte, und wie er es so tun konnte, dass es dem König recht war und gefiel. Es war alles völlig klar. Er hatte jetzt einen Auftrag. Er bekam Herzklopfen, als ihm bewusst wurde, dass er sofort alles getan hatte, was ihm der König befohlen hatte. Und nicht nur das. Um ihn herum sangen auch noch die Vögel und die Sonne wärmte ihn. Kein Wunder, dass die Leute am Tor gesungen hatten. Vielleicht sollte er sich ihnen morgen anschließen. Nein, nicht morgen, denn so der Herr wollte, wäre er ja dann schon wieder weg.

Als er von seinem Buch aufblickte, erlebte er eine weitere Überraschung. Direkt gegenüber, auf der anderen Seite des Kopfsteinpflasters, stand eine Reihe anheimelnder kleiner Häuschen, mittendrin eines, das neuer aussah als die anderen. Es war frisch gestrichen und quer über die Haustür war ein großes Transparent gespannt mit der Aufschrift: »Willkommen zu Hause, Ivan.«

Willkommen zu Hause? Das musste ein Irrtum sein. Ivan sprang auf und hätte beinahe sein Buch auf der Bank liegen gelassen. Er rannte über die Straße, sprang die beiden Stufen zum Eingang hinauf, zerriss das Transparent und griff nach der Türklinke, woraufhin sich die Tür quietschend öffnete.

»Hallo?« Seine Stimme hallte in den Räumen wider, aber niemand antwortete. Als er den Flur betrat, warf er einen Blick in die Wohnung. Die Einrichtung war schlicht, aber sauber und hübsch.

In einer Ecke war ein Feldbett aufgestellt. Im Herd brannte bereits ein munteres Feuerchen und ein seltsam windschiefes Fenster gab den Blick auf die Stadtmauer frei.

Immer noch wie unter Schock, trottete er zu dem Fenster, von dem aus er einen großartigen Ausblick auf die Brücke, die Schlucht und auf Kakos auf der anderen Seite der Schlucht hatte. Kakos. In Gedanken ging er noch einmal alles durch, was er als Kind und Jugendlicher in der Sonntagsschule gelernt hatte. Vielleicht war er im symbolischen Sinne aus der bösen Stadt gekommen, wie der Junge so hartnäckig behauptet hatte. Und dennoch, Basileia war kein bisschen symbolisch, sondern real.

In dem Augenblick bemerkte Ivan, dass ein Kristallkelch auf dem Tisch stand, neben den jemand eine schön verzierte Karte gelegt hatte. Er nahm den Kelch in die eine und die Karte in die andere Hand. Es war eine persönliche Nachricht vom König.

»Ivan, trinke auf mich. Ich hoffe, dich bald in der Neuen Stadt zu sehen.«

Unterzeichnet war die Karte mit »der König«.

Ivans Herz flatterte aufgeregt. Eine persönliche Nachricht vom König. Das bedeutete doch, dass er den König wirklich treffen und dann wieder nach Hause zurückkehren würde. Andererseits wäre es ja vielleicht auch schön, noch einmal zusammen mit seiner Familie nach Basileia zu kommen, wenn sich diese ganze Verwirrung erst einmal geklärt hatte und er etwas genauer wusste, was hier eigentlich los war – als Touristen natürlich. Es war ein schöner Ort zum Besichtigen, wäre aber niemals der Wohnort seiner Wahl gewesen.

Die Karte mit der Nachricht gab Ivan ganz neue Energie. Er saß am Tisch, genoss das frische Wasser aus dem Kelch und schlug dann wieder das Buch auf, um dort weiter zu lesen, wo er aufgehört hatte. Regel um Regel ging er durch, machte sich Notizen und bat um den Segen des Königs in der Hoffnung, dass er in der Lage sein würde, all die Gebote zu halten, damit der König mit ihm zufrieden war. Diese Tatsache überwältigte ihn aber auch. Als er einen weiteren Schluck Wasser trinken wollte, stellte er zu seinem Unmut fest, dass das Wasser weg war. Schade. Es war das erfrischendste Wasser gewesen, das er jemals getrunken hatte.

Er schob seinen Stuhl vom Tisch zurück und beschloss einen Spaziergang zu machen, um sich die Zeit zu vertreiben und wieder einen klaren Kopf zu bekommen. Der Gang durch den Park tat ihm gut, obwohl er sich im goldenen Licht des Spätnachmittags seltsam erschöpft und ausgelaugt fühlte. Ihm fiel außerdem auf, dass die Sonne nicht mehr ganz so hell und strahlend zu leuchten schien wie bei seiner Ankunft. Und seltsamerweise kamen ihm auch die Gebäude nicht mehr so strahlend vor. Etwas ungläubig schüttelte er den Kopf. Vielleicht bildete er sich das alles ja auch nur ein. Schließlich hatte er einen langen, ereignisreichen und folgenschweren Tag hinter sich. Vielleicht würde er ja am nächsten Morgen zu Hause in seinem Bett aufwachen. Es war doch auch absolut möglich, dass sich sein gesamtes Abenteuer als lebhafter Traum entpuppen würde, den ihm sein Pastor ja dann vielleicht nächste Woche würde deuten können.

Während er so dahin ging, versuchte er sich zu erinnern, was er aus dem Buch der Pflichten schon gelernt hatte. Andauernd sah er in seiner unmittelbaren Umgebung etwas, das ihn an eine Regel erinnerte – ein Kind in Not, eine Frau, die Hilfe brauchte –, und meistens handelte er dann sofort und tat gern und bereitwillig, was der König in der jeweiligen Situation von ihm erwartete. Es war eigentlich genau so, als würde er das befolgen, was in der Bibel stand.

Doch das, was um ihn herum geschah, kam ihm wie ein Fass ohne Boden vor. Überall war Not und Bedürftigkeit, und für jeden und alles gab es ein Gebot. Manchmal kamen ihm zwei oder drei Regeln gleichzeitig in den Sinn, und dann wusste er oft nicht, welche er jetzt befolgen sollte. Ein paar Mal war er dann wie gelähmt und tat gar nichts. In seinem Innern staute sich erst langsam Frust an und dann machte sich Mutlosigkeit breit. Für ihn war so vieles doch noch neu. Er war einfach noch nicht genügend Basileianer für das alles. Es war unmöglich, sich an jedes Gebot der Regel zu halten, und es dauerte gar nicht lange, da kam er zu dem Schluss,

31

dass es fürs Erste reichte und er erst einmal Feierabend machen würde. Inzwischen war die Sonne untergegangen, sodass ihm sein Entschluss auch vernünftig vorkam – es sei denn, es gab eine Regel dagegen. Wenn dem so war, dann war Ignorieren sein letzter Versuch, um einigermaßen bei Laune zu bleiben.

Als er erschöpft und deprimiert wieder bei dem Haus ankam, das ihm zugewiesen worden war, kniete Ivan am Bett nieder und murmelte ein langes, tränenreiches Gebet in die Bettdecke. Darin sagte er dem König, wie leid es ihm täte, dass er die Punkte der Regeln nicht alle gewissenhaft hatte einhalten könne. Insgeheim hoffte er, dass er sich dadurch nicht die Chance auf eine möglichst schnelle Rückkehr nach Hause verbaut hatte, und beschloss, am nächsten Morgen sehr früh aufzustehen und weiter in den Regeln zu lesen, damit er im Laufe des Tages dann bessere Chancen hatte, die einzelnen Punkte auch wirklich einzuhalten. Mitten in seinem Gebet, immer noch vor der Bettkante kniend, fiel Ivan in einen unruhigen Schlaf. Er träumte von Kakos, aber seltsamerweise kam es ihm gar nicht wie ein Alptraum vor, sondern fühlte sich eher wie Erleichterung an.

Ivan wachte davon auf, dass ganz in der Nähe seines Fensters ein Hahn krähte. Der durchdringende Ruf dieser Kreatur vibrierte wie ein elektrischer Schlag seine Wirbelsäule hinauf und wieder hinunter.

»Ja, ja, ich steh' ja schon auf!« Ivan sprang aus dem Bett und verhielt sich so, als müsste er bei dem Vogel Meldung machen. Nachdem er sich gereckt und gestreckt hatte und sich nicht mehr ganz so steif fühlte, sank ihm der Mut. Er war immer noch in Basileia. Einen Augenblick später erinnerte er sich an sein Versprechen, früher aufzustehen, um zu beten und aus dem Buch zu lernen. Ivan ging wieder auf die Knie, die bereits wund waren von all dem Knien und Beten am Vortag, und wollte gerade den Kopf zum Gebet senken, als es an der Tür klopfte.

»Was ist denn?« Ivan stapfte zur Tür, um zu schauen, wer dort war. Er machte die Tür weit auf und sah die Marktfrau vom Vortag mit einem Korb voller frischer, grüner Äpfel auf der Veranda stehen.

»Guten Morgen.« Auf ihrem Gesicht lag das gewohnte Lächeln.

»Hallo.«

»Störe ich gerade? Ich wollte dir nur noch ein paar Äpfel vorbei bringen.«

»Ivan schaute hinter sich auf das Bett und sein immer noch ungeöffnetes Buch der Pflichten. Sein Blick ging zu Boden. »Nein, ist schon in Ordnung. Komm herein.«

»Wie ich sehe, bist du immer noch hier. Wie ist es dir denn gestern noch ergangen? Hast du in dem Buch gelesen?«

Ivan führte sie ins Haus, setzte sich dann an den Tisch und stellte den Korb darauf ab. Er rieb sich die Augen. »Ich habe ein wenig darin gelesen. Genug jedenfalls, dass ich bis zum Schlafengehen gestern Abend beschäftigt war.«

Ihre Augen strahlten. »Das ist ja wunderbar!«

»Wunderbar? Ich habe total versagt, und außerdem bin ich völlig erledigt.«

»Na ja, es war ja auch dein erster Tag hier.«

»Ja, wahrscheinlich lag es daran.« Ivan rutschte voller Unbehagen auf seinem Stuhl hin und her.

»Du bist noch jung im Glauben, Ivan. Du wirst schon noch aufholen.« Sie sah bei diesen Worten sehr überzeugt aus.

Aber Ivan wollte gar nicht aufholen. Er wollte nach Hause. Er wollte sein gewohntes Leben zurück haben. »Und was ist mit dir? Du bist doch schon weiter im Glauben und reifer. Hältst du dich denn immer hundertprozentig an die Regeln?«

Die Frau machte eine kurze Pause, senkte die Stimme und beugte sich ganz nah zu ihm vor. Sie schaute sich misstrauisch um, als befürchtete sie, jemand könnte sie belauschen, und flüsterte dann: »Ich sag dir mal was.« Ihr Tonfall war monoton und hatte etwas Verschwörerisches. »Eigentlich reden wir ja nicht darüber, aber Tatsache ist, dass sich niemand hundertprozentig an die Regeln hält.«

»Wirklich? Niemand?«

»Genau. Aber mit der Zeit lernt man hier ein paar Tricks, wie man damit durchkommt.«

»Tricks?«

»Na ja, also nicht direkt Tricks. Vielleicht sollte ich lieber sagen, dass wir die Gewichtung hin und wieder ein wenig verschieben. Ist dir aufgefallen, dass einige Regeln für jeden erkennbar und dadurch auch offensichtlicher und auffälliger sind, andere dagegen eher mit unserem Innern zu tun haben und nicht gleich so deutlich zu merken?«

»Ja, das ist wohl so, aber ...«

Sie ließ ihn nicht ausreden. »Konzentrier' dich möglichst auf die sichtbaren, Ivan. Auf das, was die Leute sehen können. Wenn du die Regeln einhältst, deren Auswirkungen sofort zu erkennen sind, dann schließen die anderen Leute daraus fast immer, dass du auch alle übrigen befolgst, die nicht so sichtbar sind.«

Ivan war verwirrt. »Ich will dir ja nicht zu nahe treten, aber wenn ihr alle nur so tut, als ob ihr euch an alles haltet, ist euch dann nicht auch klar, dass die anderen Leute hinter ihrer korrekten Fassade genau so schummeln wie ihr selbst?«

»Damit trittst du mir nicht zu nahe. Das geschieht irgendwie in allgemeinem Einvernehmen. Und wie gesagt, wir reden auch nicht darüber, nicht einmal mit Neuankömmlingen. Normalerweise jedenfalls nicht.«

»Na, vielen Dank dann«, sagte Ivan und signalisierte damit vage, dass er ihren Hinweis zu schätzen wusste. Aber irgendwie fühlte er sich auch unwohl dabei. Klar, er wollte gern wieder nach Hause zurück, um bei seiner Familie zu sein. Aber wenn der König wirklich real war, dann musste das Gebet zu ihm doch aufrichtig sein. Er hatte sein Leben Jesus Christus übergeben. »Was die anderen Leute denken, ist doch nur die eine Seite dabei. Am meisten weh tut doch das, was ich über mich selbst denke, wenn ich versage. Ich kann doch den König nicht enttäuschen nach allem, was er für mich getan hat.«

»Aber das ist doch gerade das Gute daran«, sagte die Marktfrau. »Wenn man sich auf die äußerlich sichtbaren Regeln konzentriert, dann schafft man sich dadurch eine Art Maske, hinter der man sich verstecken kann, sogar wenn man in den Spiegel schaut, und man erfüllt gleichzeitig die öffentlich sichtbaren Regeln. Das heißt doch, dass man schon ungefähr die halbe Liste von Regeln abhaken kann, oder?«

»Wahrscheinlich. Klappt das denn bei dir?«

»Meistens.« Sie zuckte leidenschaftslos mit den Achseln. »Hier, ich zeig es dir.«

Zu Ivans großem Erstaunen begann die Frau, sich die Haut vom Gesicht abzuziehen. Nein, es war gar nicht Haut, sondern eine Maske, die wie ihr Gesicht aussah, mit einem künstlichen Lächeln darauf, das wie angetackert aussah. Ihr echtes Gesicht war gezeichnet von tiefen Falten und Furchen der Enttäuschung und Traurigkeit. Offenbar war es ihr peinlich, dass jemand sie so ganz ohne Maske sah. Also zog sie sie rasch wieder an, und schon in dem Augenblick, als die Maske wieder zurechtgerückt war und richtig saß, war nicht mehr zu erkennen, dass sie überhaupt eine trug. »So geht das, siehst du? So ist es besser.«

Und sie sah mit der Maske tatsächlich besser aus als ohne. »Aber der König weiß es doch, oder? Wie kann man denn die Segnungen des Königs erleben, wenn man nicht gut genug sein kann, um sie auch zu verdienen? Ist es nicht genau das, worum es in dem Leben hier geht?«

»Um die Gaben und Segnungen des Königs zu bekommen, musst du ihn darum bitten. Es hat noch nie jemand etwas bekommen, ohne darum zu bitten. Und bevor man bittet, muss man ihm gefallen und recht sein. Und beim Bitten muss man Glauben haben. Glaube kommt durch eine heilige Beharrlichkeit. Er möchte, dass du ihn bedrängst. Du musst seine Verheißungen in dem Buch unter den Regeln finden und sie dann für dich selbst in Anspruch nehmen.«

»Sie in Anspruch nehmen?«

»Schreib sie dir heraus, lerne sie auswendig, bringe sie jedes Mal zur Sprache, wenn du mit dem König redest. Erinnere ihn daran, dass er seine Versprechen hält, und bitte hartnäckig so lange weiter, bis er dir gibt, worum du ihn gebeten hast.«

»Er will also, dass wir ihn damit behelligen, ihm vielleicht sogar richtig auf die Nerven gehen?« Ivan war verwirrt. »Wenn er real ist und wirklich hier, warum gibt er uns dann nicht einfach, was wir brauchen?«

»Das tut er ja, das tut er ja. Aber bis dahin ist normalerweise erst ein bisschen Verzweiflung nötig. Und eine gehörige Portion Arbeit. Wenn du nicht bekommst, was du möchtest, dann liegt das daran, dass du nicht leidenschaftlich genug darum gebeten hast oder dass du nicht richtig gebetet oder nicht richtig oder nicht regelmäßig oder nicht intensiv genug deine Stille Zeit gehalten hast. Oder weil es Sünde in deinem Leben gibt. Du wirst schon sehen.«

Ivan war jetzt geknickt und mutlos. Das hörte sich alles so kompliziert an. Plötzlich fand er seinen Stuhl schrecklich unbequem.

»Nein, nein – es hat keinen Sinn, dagegen anzukämpfen, Ivan. So hat sich der König nun mal sein Reich gedacht. Es ist das Gesetz.«

»Das Gesetz also, ja? Na ja, wenn du es sagst. Aber funktioniert das denn überhaupt so?«

»Nicht immer.« Wieder zuckte die Marktfrau die Achseln. »Segen kommt und Segen geht. Wahrscheinlich erwartet man mit der Zeit einfach nicht mehr so viel.«

»Aber das ist nicht unbedingt der Grund, weshalb ich mein Leben dem König übergeben habe.« Ihre Worte lösten eine tiefe Mutlosigkeit bei ihm aus, die an seiner Seele zehrte. Fürs Erste war er in der Lage, diese Mutlosigkeit beiseite zu schieben, sogar ohne dazu eine Maske zur Hilfe nehmen zu müssen. Aber seine Mädels fehlten ihm schrecklich.

KAPITEL 3

Nachjagen

Nachdem der Besuch wieder gegangen war, las Ivan noch ein paar von den Regeln durch, schlug dann das Buch zu und versuchte seine Schuldgefühle wegzuschieben. Er hatte das Gefühl, schon zum Scheitern verurteilt zu sein, sobald er das Haus verlassen hatte. Aber im nächsten Moment wurde ihm klar, dass der König ja auch dann von ihm enttäuscht sein würde, wenn er zu Hause blieb. Er entschied sich am Ende dafür, doch lieber in den eigenen vier Wänden zu versagen, weil er noch nicht bereit war, eine dieser Masken aufzusetzen. Und der Gedanke, in aller Öffentlichkeit zu versagen, fühlte sich noch schlimmer an. Fast wäre er auch nicht in den Tempel gegangen, sondern zu Hause geblieben, so beschämt war er – aber er musste das Richtige tun, und die Frau hatte ja erwähnt, dass jeder gute Bürger von Basileia in den Tempel ging. Außerdem war der Besuch im Tempel etwas Öffentliches, das jeder sehen konnte. All die formalen Erklärungen und Begründungen begannen bei ihm Wirkung zu zeigen.

Als Ivan gegen sieben seine Wohnung verließ in der Hoffnung, früh genug im Tempel zu sein, um noch einen guten Platz zu ergattern, war seine Stimmung schon ein bisschen besser. Anscheinend befand sich das riesige Tempelgebäude auf der anderen Seite des

Berges und damit praktischerweise außerhalb der Sichtweite der Brücke, der Schlucht und besonders auch außerhalb der Sichtweite der düsteren Stadt Kakos. Die Bewohner der Alten Stadt hatten damit wirklich einen großartigen Platz für den Tempel ausgewählt – es brachte ja auch nichts, den ganzen Abend an all die sterbenden Menschen dort drüben in Kakos zu denken. Der Fußweg zum Tempel war dadurch zwar ein wenig länger, aber er brauchte sowieso unbedingt frische Luft, weil er sich den ganzen Tag im Haus aufgehalten hatte.

Als Ivan langsam die Serpentinen den Berg hinauf ging, stellte er fest, dass unterwegs immer mehr Menschen zu ihm stießen. Auch die Dächer der Häuser auf der Ebene darunter, der sogenannten »Neuen« Stadt, bemerkte er und machte sich Gedanken darüber, wie das Leben der Menschen dort unten wohl sein mochte. Wahrscheinlich ziemlich ähnlich wie sein Leben hier. Er würde seine neue Freundin danach fragen müssen.

Er erreichte den Tempel genau zu dem Zeitpunkt, als die Sonne unterging und den Tag ziehen ließ, sodass er froh war, dass das Tempelinnere beleuchtet war. Das Gebäude war ein gigantischer Monolith, offensichtlich errichtet, um Ehrfurcht zu erzeugen. An der Tür wurde Ivan von freundlichen Stadtbewohnern begrüßt, die ihm herzlich die Hand schüttelten, als er eintrat. Er fühlte sich fast wie zu Hause – genau bis zu dem Moment, als er an die unbedachte Enthüllung seiner Marktfrau-Freundin dachte. Sie waren alle verkleidet und maskiert und das hieß ja, dass es für ihn wahrscheinlich auch besser war, eine Rolle zu spielen, als ganz er selbst zu sein. Mit ziemlich viel Mühe gelang ihm ein strahlendes Lächeln, das er auch einigermaßen beibehalten konnte. Sein Gesicht wurde zwar mit jedem Schritt ein bisschen starrer, dafür nahmen seine Erfolgsaussichten um einiges zu.

Ivan hatte noch nie einen so riesigen Versammlungssaal gesehen, aber worauf er sich wirklich freute, war, den König persönlich zu sehen. Ein großes Steinpodium stand vorn in dem höhlenartigen Raum bereit, wo allem Anschein nach der König stehen würde, um zu ihnen zu sprechen. Obwohl Ivan schon sehr zeitig da war, gab es nur noch in einigen Reihen weiter hinten freie Plätze. Das war zwar nicht optimal, aber er konnte von dort aus einigermaßen sehen. Als er von seinem Platz aus nach oben schaute, kam er aus dem Staunen gar nicht heraus, denn der Saal hatte mehrere Ebenen, die alle mit Sitzplätzen versehen waren. Er konnte über sich noch mindestens zwei weitere Etagen erkennen.

»Wahrscheinlich ist es am besten, wenn ich so weit oben wie möglich sitze«, dachte er und verließ seinen Platz, um sich einen besseren weiter oben zu suchen. Als er jedoch zehn Minuten lang gesucht hatte, wurde ihm klar, dass es von seiner Ebene keine Treppe zu den höheren Etagen gab. Enttäuscht hastete Ivan in den Versammlungssaal zurück, um nicht den Anfang zu verpassen. Aber da war nur noch ein Platz in einer der allerletzten Reihen für ihn übrig, und er ärgerte sich über sich selbst, dass er seinen ursprünglichen Platz einfach so aufgegeben hatte.

Je weiter es auf acht Uhr zuging, desto mehr versiegte das Stimmengemurmel im Tempel, und als ein Mann in einem schwarzen Gewand nach vorne zum Podium schritt, herrschte andächtiges Schweigen. War das der König? Ziel seiner Herzenssehnsucht? Ivan hoffte, dass dem nicht so war.

»Danke, dass ihr alle gekommen seid. Lasst uns beten.«

Ivan senkte nicht den Kopf wie die anderen, denn der Mann dort vorne war offenbar nicht der König und er wollte auf keinen Fall den Moment verpassen, wenn der echte König das Podium betrat. Doch der König kam nicht. Der Mann betete und betete und betete, lautstark – und immer noch kein König. Gegen Ende des Gebetes sagte der Mann: »Oh gnädiger König, wir bitten dich in deinem Namen, dass du uns heute mit deiner Gegenwart beschenkst. Komm, oh König, wohne unter uns. Komm. Wir haben alles an der Tür zurückgelassen – alles, was wir getan haben, alles, was wir im Kopf haben, alles, was uns wichtig ist – und wir treten vor dich mit leeren Herzen und Händen und warten darauf, dass dein Atem uns erfüllt.«

Ivan schaute sich um. Immer noch kein König, aber viele der Leute hatten inzwischen die Hände erhoben, streckten die Arme aus, sodass es aussah wie die kahlen Äste von Bäumen im Winter. Auf Ivan machte es den Eindruck, als ob sie um etwas flehten. *Komm, oh König*, hatte der Mann gebetet. Bedeutete das etwa, dass der König woanders war, dass er vielleicht gar nicht kommen wollte und erst gebeten werden musste? Was, wenn sie ihn nicht richtig gebeten hatten oder nicht intensiv genug? Was, wenn der König zu beschäftigt war oder gar außer Landes? Ivan sank der Mut, und das blieb auch so, während mehrere Lieder gesungen wurden, die er nicht kannte, voller Worte, die er später im Glossar seines neuen Buches würde nachschlagen müssen. Die Melodien waren wunderschön, aber sie klangen irgendwie hohl, weil sie von Freude und Frieden handelten und von allen möglichen Dingen, die er in dem Augenblick so ganz und gar nicht empfand.

»Singt, singt dem König von ganzem Herzen«, rief der Vorsänger. »Je inniger wir singen, desto stärker werden wir seine Gegenwart spüren. Komm, oh König und wohne in unserem Lobpreis.« Ivan fragte sich, wie viele Leute wohl wirklich den König spürten, denn durch ihre Masken hindurch war es nicht richtig zu erkennen. Wenn es aber dazu gehörte, begeistert mitzusingen, egal, wie man sich dabei fühlte und was man empfand, um ein guter Bewohner der Alten Stadt zu sein, dann sei's drum. Und Ivan sang mit.

Kurz darauf ging der Mann in Schwarz wieder auf das Podium und fing an zu sprechen. Er schlug ein beeindruckendes Exemplar des Buches der Pflichten auf – das sehr viel größer war als die Ausgabe, die Ivan bekommen hatte – und fing an vorzulesen. Er las eine inspirierende Geschichte über einen König vor, die Ivan veranlasste, intensiver zuzuhören. Als die Geschichte zu Ende war, blickte der Mann wieder auf.

»Jeder muss für sich selbst den König suchen«, sagte die Menge gemeinsam, aber Ivan verpasste den Einsatz und sprach als einziger noch, als die anderen schon fertig waren und es schon wieder still geworden war. Er lief rot an, weil es ihm peinlich war, aber in dem Augenblick betete der heilige Mann auch schon wieder.

»Wir danken dir, oh König, dass du heute hier bei uns bist. Hilf uns, treue Bürger deiner Stadt zu sein. Geh jetzt bitte mit uns. In deinem Namen. Amen.«

Amen? Aber der König war doch noch gar nicht da gewesen. Ivan war irritiert. War der Tempel etwa auch so eine Art Maske?

»Suchet, suchet, suchet...«, sagte die Menge wieder gemeinsam. Und damit erhoben sich alle von ihren Plätzen und gingen auseinander in die Nacht. Ivan schüttelte den Kopf, stellte aber fest, dass auch er den König suchen wollte. Das hatte etwas, beschloss er. Vielleicht würde es ihm auch dabei helfen, sich an die Regeln zu halten. Dadurch konnte er sich wiederum mehr Fleißpunkte verdienen, die er ja wahrscheinlich brauchen würde, damit der König ihn zurück nach Hause ließ.

Am nächsten Morgen wurde Ivan wieder von dem Hahn geweckt und war dieses Mal ein bisschen weniger erschrocken als am ersten Morgen, aber erheblich verärgerter über das grässliche Federvieh. Erneut stellte Ivan fest, dass er schon ausgeschlafen hatte – anscheinend krähten die Hähne in Basileia später als anderswo. Also hatte der Vogel Schuld, dass er nicht früher aufgestanden war.

Einen Augenblick später verwünschte er sich selbst dafür, dass er seinen frühmorgendlichen Termin mit dem Buch der Pflichten versäumt hatte. Kein guter Start in den Tag also. Er griff nach einem Apfel und hielt ihn zwischen den Zähnen fest, während er gleichzeitig versuchte, sich den Gürtel um sein Obergewand zu binden, und sich sagte, er würde dann eben später im Buch der Pflichten lesen. Seine Schuldgefühle beiseite schiebend, beschloss er, heute seine neue Maske zu tragen – allerdings höchstens für ein, zwei Tage, so lange er sich noch in Basileia einleben musste. Es war ja nur vorübergehend. Bist du in Rom, mach's auf der Römer Weise. Das Wichtigste war im Augenblick, die Marktfrau, wiederzufinden und sie zu fragen, was es mit der Suche nach dem König auf sich hatte.

Als er auf seiner Suche am Park vorbeischlenderte und dann die Straße hinunter zu dem belebten Marktplatz, bemerkte Ivan, dass eine diffuse Bewölkung die ganze Stadt in Grau hüllte. Statt der strahlenden Farben, die ihm am ersten Tag aufgefallen waren, sah er jetzt nur fahle, bleiche Farbtöne. Er kam dann aber zu dem Schluss, dass er die Stadt am Anfang wahrscheinlich einfach mit naivem Optimismus betrachtet hatte.

»Guten Morgen.« Er strahlte die Marktfrau an, als sie aufblickte.

»Ah, guten Morgen.« Sie zwinkerte ihm zu. »Wie ich sehe, hast du eine passende Maske für dich gefunden. Sie steht dir.«

»Danke, vielen Dank.« Ivan machte eine gespielte Verbeugung. »Ich habe aber nicht vor, sie länger zu tragen. Eigentlich bin ich nur gekommen, weil ich dich fragen wollte, was es mit dem Suchen des Königs auf sich hat. Ich glaube, genau das ist es nämlich, was ich vermisse, seit ich hier angekommen bin.«

»Ja, das kann schon sein, aber ich bin bestimmt nicht die Richtige, um dir darüber Auskunft zu geben. Geh lieber zum alten Simeon ein Stück weiter die Straße hinunter. Er wohnt in dem Haus mit dem steilen Dach, und er sucht den König schon länger als alle anderen hier. Wenn du wirklich richtig mit dem Suchen und Nachjagen anfangen willst, dann ist er dein Mann.«

»Also gut, dann werde ich zu ihm gehen.«

»Nomothesia«, sagte sie.

»Wie bitte?«

»Das ist mein Name. Ich heiße Nomothesia.«

Ivan lächelte. »Dann vielen Dank, Nomothesia.« Den Namen würde er hinten in seinem Buch nachschlagen müssen.

»Die Äpfel, die ich dir gebracht habe, die haben dir geschmeckt, nicht wahr?«, fragte sie in neckendem Tonfall.

Ivan tippte sich an den Kopf. »Ja, das haben sie. Woher weißt du das?«

»Ich merke es an deinem Wissensdurst, denn den bewirken die Äpfel, und das ist ja auch gut so. Je mehr wir nämlich wissen, desto stärker erleben wir den Segen des Königs.«

Das schien zu stimmen, denn die Äpfel stärkten ihn und gaben ihm Wissensdurst, wenn er mutlos wurde. »Also dann nochmals vielen Dank. Bring mir gerne weiter die Äpfel.«

»Das mach' ich, das mach' ich.«

Ivan ließ den Markt hinter sich und bummelte durch den Vorort, den er an seinem ersten Tag in Basileia schon gesehen hatte. Und tatsächlich, eines der Häuser dort unterschied sich von den anderen durch sein besonders steiles Dach. Es hatte ein wenig Ähnlichkeit mit einer himmelwärts gerichteten Rakete. Das Haus eines echten Suchers und vielleicht auch seine Rückfahrkarte nach Hause.

Er wollte gerade an die Haustür klopfen, als er einen Zettel entdeckte, der an das Holz gepinnt war.

»Bin unterwegs, um im Park den König zu sichten. Könnte länger dauern.« Unterzeichnet war es mit »Simeon«.

Den König sichten? Im Park? Ivan rannte das Kopfsteinpflaster zurück, so schnell ihn seine Füße trugen, und kam dabei an einigen Stadtbewohnern vorbei, die in dieselbe Richtung hasteten. Vielleicht war ihnen das Gerücht ja ebenfalls zu Ohren gekommen. Er raste zurück über den Markt und bahnte sich den Weg zu einer kleinen Lichtung im Park. Dort kniete ein Mann mit in den Himmel gestreckten Armen. Das war offenbar der alte Simeon. Aber vom König keine Spur.

Ein Fortschritt war es allemal. Ivan war aufgeregt, dass er Simeon gefunden hatte, und stürzte deshalb atemlos und ungeduldig direkt zu ihm, fing an, zu reden wie ein Wasserfall.

»Ich bin Ivan ... Nomothesia hat mich geschickt ... ich möchte den König finden!«

»Ach je, da hast du ihn gerade verpasst.« Simeon sprach in heiterem Tonfall, obwohl Ivan auch ein ganz klein wenig Traurigkeit in der Stimme des Mannes wahrnahm.

»Du hast ihn also *gesehen*?«

»Na ja, nicht direkt gesehen.« Simeon senkte die Arme und wandte sich Ivan zu.

»Aber er ist hier gewesen. Sieh mal, hier in der Erde sind seine Fußspuren!«

Ivan untersuchte den Boden zu Simeons Füßen, der an einigen Stellen ein ganz klein wenig, aber kaum erkennbar, eingedrückt war. Ivan hätte die Spuren niemals bemerkt, wenn Simeon sie nicht markiert hätte.

»Ich möchte gern, dass du mir beibringst, den König zu suchen. Ich möchte sehen, was du siehst.«

»Aaah, die Sache mit dem Nachjagen«, Simeon rieb sich vergnügt die Hände. »Komm mit, dann werde ich es dir zeigen.« Der alte Mann streckte Ivan seine Hand hin und der zog Simeon auf die Füße.

»Der König liebt uns, und wir müssen ihn ebenfalls lieben«, sagte der alte weise Mann, während sie nebeneinander her schlenderten. »Wir können ihn zwar nicht sehen, aber wir müssen ihn trotzdem suchen. Vielleicht ist er jetzt hier direkt bei uns – für unsere Augen unsichtbar.«

»Ich glaube, ich verstehe. Der Mann in dem schwarzen Gewand im Tempel hat ja auch darum gebetet, dass der König in den Gottesdienst kommen möge.«

»Ja, das ist ein übliches Gebet. Der König regiert so hoch über uns, dass wir ihn immer wieder einladen müssen, zu uns herab zu kommen in unseren ganz normalen Alltag.«

»Und was ist, wenn wir vergessen, ihn darum zu bitten? Was ist, wenn wir ihn nicht so suchen, wie wir es eigentlich sollten?«

»Ich fürchte, dann bleiben wir allein und ganz auf uns selbst gestellt.«

Ivan nickte und blieb dann stehen. »Aber wenn man ihn nicht sehen kann, woher weiß man dann, wenn er da ist?«

»Er hinterlässt Fußspuren und Fingerabdrücke, auf die wir zufällig stoßen können. Manchmal erkennen wir sein Flüstern in einem Windhauch oder erhaschen einen Hauch seines heiligen Duftes mit dem Wind. Und manchmal – darauf darfst du dir allerdings nicht allzu viel Hoffnung machen – hinterlässt er uns auch eine Nachricht auf dem Küchentisch.«

Ivan blieb förmlich die Luft weg. »Er hat mir dort eine Nachricht hinterlassen an dem Tag, als ich angekommen bin.«

»Siehst du? Der Trick besteht darin, für diese Augenblicke zu leben, sich nach den Tagen zu sehnen, an denen er uns erscheint, darauf zu warten, dass er von dort oben zu uns herunter kommt und unser Leben berührt. Die vornehmsten und angesehensten Bewohner von Basileia sind diejenigen, die ihn am leidenschaftlichsten suchen. Und Leidenschaft belohnt er, das ist bewiesen.«

»Genau solche Leidenschaft empfinde ich im Augenblick«, sagte Ivan atemlos.

»Das sehe ich in deinem Gesicht. Dieser Leidenschaft musst du alles andere unterordnen. Du musst den König von ganzem Herzen suchen. Wenn du ihn von ganzem Herzen suchst, dann wirst du ihn finden. Dann und nur dann.«

»Hast *du* ihn denn gefunden?« Diese Frage brachte den alten Simeon sichtlich aus dem Konzept.

»Also ... na ja ... nein. Aber ich komme jeden Tag ein wenig näher heran. Das ist das Geheimnis, weißt du? Wenn wir anfangen zu suchen, sind wir alle weit weg vom König. Wenn wir uns treu an die Regeln halten, ihn suchen und ihm nachjagen, wenn wir zu ihm beten und im Buch der Pflichten lesen – dann bringt das alles uns ihm näher. Wenn wir die Regeln nicht einhalten und den König nicht suchen, entfernen wir uns immer weiter von ihm. Er wartet darauf, dass treue Bewohner der Stadt ihm immer näher kommen und bereit sind, den Preis für echte Nähe und Vertrautheit mit ihm zu bezahlen.«

»Ich möchte ... ich *muss* den Preis bezahlen.« Ivan spürte ein Feuer in seinem Innern brennen.

»Ich weiß, dass du das wirst.« Simeon tätschelte ihm die Schulter. »Aber ich muss jetzt weiter. Manchmal wird der König am Südbrunnen gesichtet, deshalb habe ich es mir zur Gewohnheit gemacht, mich nachmittags immer dort aufzuhalten, nur für den Fall, dass er dort vorbei kommt.«

»Vielleicht komme ich später nach, aber ich muss jetzt erst nach Hause und in meinem Buch der Pflichten lesen.«

»Eine kluge Entscheidung. Sorge dafür, dass du die Verse auswendig kannst, denn das gefällt dem König besonders gut. Wenn er nicht mit dir zufrieden ist, dann wirst du ihn auch nicht finden.«

Und damit überließ Ivan Simeon seiner Suche und dem Nachjagen und ging zurück zu seinem vorübergehenden Zuhause. Sein Magen knurrte vor Hunger nach einem weiteren von Nomothesias Äpfeln.

Von Simeon ganz neu motiviert, verbrachte Ivan den Rest der Woche voll und ganz mit dem Nachjagen. Jeden wachen Moment dachte er an den König – bat ihn, zu kommen, suchte nach Hinweisen, sprach seinen Namen aus und eilte zu den Orten, an denen der König in letzter Zeit gesichtet worden sein sollte. Jeden Morgen vertiefte er sich eine halbe Stunde lang in das Buch der Pflichten und lernte die Teile auswendig, die ihm wichtig schienen, als Beweis für seine beispiellose Hingabe. Im Laufe dieses Prozesses entdeckte er mehrere dominierende Wahrheiten, bei denen er sich ganz sicher war, dass sie ihm helfen würden, zufällig auf den König zu stoßen. Dennoch fühlte er sich am Ende des Tages jedes Mal so, als wäre er genau die eine entscheidende Erkenntnis von der Entdeckung des Grundprinzips entfernt, die das Rätsel lösen und seine Herzenssehnsucht stillen würde. Leider schien jeder Schuss in diese Richtung daneben zu gehen, und er war der Erfüllung seines Wunsches, wieder nach Hause zu dürfen, kein Stück näher als am ersten Tag.

Jeden Tag gab Ivan vom Morgengrauen, bis es am Abend Zeit war, ins Bett zu gehen, sein Bestes, um all die Regeln und Anweisungen zu befolgen. Er verbrachte Stunden damit, die Verheißungen des Königs auswendig zu lernen und sie auf kleine Pergamentstücke zu schreiben. Er wedelte damit beim Beten in der Luft herum, erinnerte den König immer wieder an seine Verheißungen und nahm die Segnungen und Versprechen für sich in Anspruch. Es war eine schwere und langweilige Plackerei, aber er war ganz sicher, dass er dadurch ein besserer Stadtbewohner wurde und sicher besser als viele der Menschen, die um ihn her lebten. Und das musste doch auch zählen.

Hin und wieder nahm Ivan einen Hauch des Duftes des Königs in der Nachtluft wahr oder fand einen Teilfußabdruck, der die weiche Erde zierte. Ein paar Mal fand er sogar eine kurze Nachricht vom

König auf seinem Küchentisch. Ivan sehnte sich danach, wieder nach Hause zu dürfen, aber die Chance, dem König zu begegnen, kam ihm ebenfalls höchst verlockend vor.

Es dauerte nicht lange, da begann Ivan nur noch für die flüchtigen Augenblicke zu leben, in denen der König ganz nah zu sein schien. Es war, als sagte der König: »Hör nicht auf zu suchen, mach weiter, es wird schon ein bisschen wärmer.« Natürlich benutzte der König nicht diese Worte, aber wie konnte er die Botschaft missverstehen? Es war allerdings leider so, dass der König ihm die meiste Zeit weder näher vorkam, noch fühlte es sich wärmer an. Ja, meistens fühlte es sich sogar an, als befände er sich auf einer Art kosmischem Botengang, unendlich viele Universen entfernt, und Ivan fühlte sich kalt, leer und fremd. Die sporadischen Zettelchen und Hinweise stärkten ihn zwar meist vorübergehend, aber nach einer Weile fühlte es sich an, als würde ihn der König necken oder spielte Fangen oder Verstecken mit ihm. Gegen Ende der Woche fühlte er sich wie bei einem gigantischen Katz-und-Maus-Spiel, als würde ihm der König immer neue Hinweise so hinhalten, dass sie sich gerade eben außerhalb seiner Reichweite befanden und Ivan sie sich nicht schnappen konnte. Versteckspielen war als Spiel etwas wirklich Schönes, aber als Lebensinhalt einfach nur furchtbar.

Und es kam sogar noch schlimmer. Es sprach sich nämlich herum, dass in dieser Woche ein paar Leute aus seiner unmittelbaren Nachbarschaft Zeit mit dem König verbracht hätten, und zwar von Angesicht zu Angesicht. Eine Familie hatte ihn sogar bei sich zu Gast gehabt und ein spätes Abendessen mit ihm eingenommen, und danach wären dann alle verschwunden. Was taten denn die für den König, was er nicht tat? Am Ende fiel ihm kein einziger Punkt ein, was er hätte anders machen können, außer noch mehr in dem Buch der Pflichten zu lesen und intensiver und länger zu beten.

Und genau das tat er deshalb auch. Aber so groß seine Fortschritte in der korrekten Auferbauung und der richtigen Stillen Zeit auch waren, der König war nirgends zu finden. Schon bald kochte Ivans Frust hoch zu einer schäumenden Wut – alles natürlich diskret verborgen hinter seiner lächelnden Maske. Die Maske war inzwischen zu einer alltäglichen Notwendigkeit geworden. Ohne das Gummiding fühlte er sich entblößt und nackt, und deshalb nahm er sie auch nur noch in der Abgeschiedenheit seiner eigenen Wohnung ab. Er sehnte sich danach, mit Monica zu reden, und fragte sich, ob er wohl jemals seine kleine Sarah wiedersehen würde. Er sehnte sich nach seinem Zuhause und nach seinem normalen, vertrauten Leben.

Wie sollte er denn jemandem nachfolgen, den er weder sehen noch hören, noch berühren oder auch nur finden konnte? Wenn der König sich nie zeigte, dann war das doch nichts anderes, als ständig von ihm versetzt zu werden. Und wie sollte er eine Beziehung zu jemandem aufbauen, der nur in der Nähe war, wenn er es nicht merkte? Alle Hoffnungen, sich mit dem König anzufreunden oder wieder nach Hause zurückzukehren, die Ivan sich gemacht hatte, waren inzwischen so erbärmlich hauchdünn geworden, dass sie sich jeden Moment in Luft auflösen konnten. Warum versteckte sich der König so? Warum enthielt er ihm den Schlüssel zu seinem Herzen vor, wenn er doch eine Beziehung zu seinen Untertanen wollte?

Gerüchten zufolge lebte der König auf dem Gipfel des Berges. So musste es sein. Mit wachsender Verzweiflung verkaufte Ivan sein Haus und fand ein neues, weiter oben, in der dritten Ebene – einen Schritt näher am Gipfel – in den Wolken verborgen. Er hoffte, dass dieser furchtlose Schritt näher zum König seine unvergleichliche Hingabe noch besser unter Beweis stellte. Höher und schwerer, das war sein Motto.

Aber am Ende seines zweiten Tages an dem neuen Ort verflüchtigten sich die Aufregung und Spannung des Neuen bereits wieder und sein neuer Wohnort schien gar keine Rolle zu spielen. Immer noch kein König. Das war ungerecht. Er zahlte mehr als den Preis für Nähe, aber der König schien seine Hingabe noch nicht einmal zu bemerken.

Doch gerecht oder nicht, Ivan konnte den durchdringenden Schmerz inzwischen nicht mehr ignorieren, der ihm seine Hoffnung raubte. Oft träumte er davon, näher beim König zu sein, und sehnte sich nach einer engeren Verbindung von Seele zu Seele. Sein Herz fühlte sich mittlerweile an wie eine vertrocknende Wüstenpflanze, und in schwachen Momenten dachte er daran, das Nachjagen ganz und gar sein zu lassen. Er war eben ein Versager bei der Suche nach dem König und beim Befolgen der Regeln, ein erbärmlicher Stadtbewohner. Wie sollte er denn jemals wieder nach Hause kommen, wenn er bei seinen Bemühungen einfach nicht gut genug war? Als er daran dachte, dass Monica und Sarah sich wahrscheinlich fragten, wo er wohl sein mochte, brannten ihm Tränen in den Augen. So mutlos er auch war, er würde und er konnte auch gar nicht aufgeben.

Er nahm an, dass ihm immer noch irgendetwas Wichtiges fehlte. Aber was?

KAPITEL 4

Die Quelle

A m darauffolgenden Dienstag verließ Ivan den Tempel mit einer erdrückenden inneren Schwere. Er machte sich nicht einmal mehr die Mühe, irgendetwas aus dem Gottesdienst mitzunehmen, was für ihn persönlich von Bedeutung war. Was hätte das schon geändert? Er saß in seinem Leben fest, saß fest an diesem blöden Ort. Als er die Versammlungshalle wieder verließ, entdeckte er unter den Menschen dort auch Simeon.

»Simeon.« Ivan spürte, wie die Verzweiflung ihm wie ein dicker Kloß im Hals saß. Der Mann drehte sich um, sah ihn aber völlig ausdruckslos an. »Ich bin es, Ivan.« Simeons Blick flackerte kurz, so, als könne er ihn irgendwie zuordnen. Anscheinend war er so sehr in die Jagd nach dem König vertieft, dass er gar nichts anderes mehr wahrnahm.

»Ja, ich erinnere mich an dich. Wie geht es dir mit dem Nachjagen?«

Ivan seufzte, und dabei war ihm völlig egal, ob der Mann sich an ihn erinnerte oder nicht. »Nicht besonders gut. Ich erhasche immer wieder flüchtige Blicke und Eindrücke vom König, aber meistens sehe ich nichts, höre nichts und fühle auch nichts.«

»Fühlst du dich innerlich leer?«

»Ja, jeden einzelnen Tag.«

»Wunderbar. Das ist doch schon mal was.« Simeons Augen leuchteten.

»Wunderbar?«

»Ja, ja. Es bedeutet, dass dein Herz dem König gehört. Ohne dass dich nach ihm dürstet, ohne Hunger nach tiefer, inniger Gemeinschaft mit ihm wirst du ihn niemals finden. Du kommst ihm schon näher, mein junger Schüler.«

»Ach ja?«

»Absolut. Die geistlichsten Bewohner von Basileia sind diejenigen, die es am meisten nach dem König hungert und dürstet, denn nur dann werden wir von ihm gesättigt.«

In Gedanken setzte Ivan die einzelnen Teile dessen, was er inzwischen bereits erfahren hatte und wusste, zusammen. Die Stadt war eine lebendige Illustration des Glaubens. »Wenn ich also die Regeln befolge und jeden Tag im Buch der Pflichten lerne, dann ist das wie die zweite Ebene von Basileia.«

»Ja, genau! Und diejenigen, die ihm wirklich mit Hingabe und von ganzem Herzen nachjagen, die sich auf nichts anderes konzentrieren, steigen dann zur dritten Ebene auf. Und deshalb bist du jetzt auch, ohne es zu wissen, aufgestiegen, um in der dritten Ebene der Stadt zu leben.«

Ivan hämmerte das Herz in der Brust. »Das stimmt. Ich bin dorthin aufgestiegen, nicht wahr? Dann bin ich also auf dem richtigen Weg?«

»Ja. Aber du musst jetzt dein Haus verlassen und in die vierte Ebene umziehen.«

»Was? Ich bin aber doch gerade erst dort angekommen.« Ivan sank der Mut.

»Möchtest du weiter aufsteigen auf der Leiter? Bist du immer noch bereit, den Preis dafür zu zahlen, egal, wie hoch er ist? Im Buch der Pflichten steht: ›Du sollst deinen König lieben von ganzem Herzen, mit ganzer Hingabe und von ganzem Verstand.‹«

»Das habe ich gerade gestern gelesen.« Ivan spürte, wie wieder Kraft und Hoffnung in ihm aufkeimten.

»Komm mit, komm«, sagte Simeon. »Ich zeige dir die vierte Ebene.«

»Aber meine Sachen...«

»Die kannst du auch später noch holen.«

Ivan nickte und folgte dem tattrigen alten Mann durch die Straßen der Stadt, bis sie an einer weiteren Treppe ankamen, die noch schmaler war als die ersten beiden und auch sehr viel steiler. Ivan war sich nicht so sicher, ob Simeon es überhaupt die Stiege hinauf schaffen würde, aber nachdem er ein paar Mal durchgeatmet und dann viel geschnauft hatte, erreichten sie die vierte Ebene.

»Früher habe ich... hier gewohnt.« Simeon legte sich die Hände in die Seiten und versuchte wieder zu Atem zu kommen. »Aber wie du ja siehst, meine Beine... und meine Lunge... sind nicht mehr das, was sie mal waren.«

»Die vierte Ebene ist ja viel kleiner als die dritte.«

»Und die fünfte ist noch kleiner. Der Weg wird immer schmaler, je näher wir dem König kommen, und in jeder Ebene leben auch weniger Menschen, weil weniger Leute bereit sind, alles zu verkaufen, um die Perle zu besitzen.«

»Die Perle?«

»Schlag es einfach im Buch nach. Komm, folge mir jetzt.«

Simeon führte Ivan eine Ringstraße entlang, und es dauerte nicht lange, da fanden sie ein seltsames Wohngebiet, das etwas kleiner war als das, welches sie hinter sich gelassen hatten, und auch sehr viel bescheidener. Nichts war schön gemacht oder gepflegt wie in der zweiten oder dritten Ebene. Ivan nahm an, dass die Bewohner der vierten Ebene in Bezug auf den König so leidenschaftlich waren, dass sie für solche Nebensächlichkeiten keinen Blick mehr hatten. Es dauerte nicht lange, bis die beiden Ivans Wohnung gefunden hatten, eine neue Zwei-Zimmer-Wohnung mit Blick auf die darunter liegenden Ebenen, auf die Brücke, die Schlucht und die Stadt Kakos, die in der Ferne qualmte. Es war schon eine ganze Weile her, dass er an die finstere Stadt gedacht hatte. »Als ich angekommen bin, hat der Willkommensposten gesagt, dass wir alle aus Kakos kommen.«

Simeon trat zu ihm ans Fenster und blieb dort eine ganze Weile stehen, bevor er etwas sagte. »Sie haben die Wahrheit gesagt.«

»Wie bin ich ... also ich meine, wie kommen Menschen ...«

»Wieso Menschen, die in Kakos gelebt haben, jetzt in Basileia wohnen? Sie müssen ihr Herz dem König übergeben, das weißt du doch.«

»Aber wie sollen sie denn etwas über den König erfahren?«

»Wir müssen es ihnen sagen. Wir müssen sie ansprechen, es weitersagen.«

»Aber seit ich hier bin, hat darüber noch niemand etwas zu mir gesagt. Sollen wir denn über die Brücke hinüber nach Kakos gehen und dort mit den Einwohnern sprechen?«

»Um Himmels Willen, nein.« Simeon erschauderte. »Törichte Überläufer aus der Neuen Stadt gehen oft dorthin, aber aus der Alten Stadt würde niemand auch nur im Traum an so etwas denken. Wenn Kakosianer nach Basileia wollen, dann können sie gern zu uns kommen. Wir schicken ihnen Einladungen, jede Woche in den Tempel zu kommen, aber sie kommen nur sehr selten. Selbst schuld.«

Ivan hörte Simeons letzte Worte kaum. »Und was ist mit der Neuen Stadt?«

»Die Neue Stadt ist was für Traumtänzer und Einfaltspinsel. Wusstest du, dass die gesamte Neue Stadt noch unter der untersten Ebene von Basileia liegt? Überleg doch mal, wie weit entfernt vom Gipfel die dort leben, und wie viel näher wir dagegen dem König sind!«

»Da unten war es aber viel heller.« Ivan spürte, wie sein Gesicht vor Trauer ganz starr wurde.

»Das ist so, weil wir immer höher in die Wolken aufsteigen, Ivan.«

»Vielleicht sind das ja gar keine Wolken, Simeon. Vielleicht ist es Nebel. Bis gerade hatte ich ganz vergessen, dass auf der ersten

Nachricht des Königs an mich stand, dass ich ihn in der Neuen Stadt treffen würde.«

Simeon seufzte. »Das ist ein gängiges Missverständnis. Komm mit, junger Mann. Du musst noch viel lernen.« Simeon packte Ivan am Ärmel und führte ihn vom Fenster weg. Sowohl Ivan als auch Simeon blieb vor Überraschung die Luft weg, als sie durch die Küche gingen. Mitten auf der Tischplatte lehnte wieder ein Zettel an einem Kristallkelch, der mit frischem Wasser gefüllt war. Der Anblick ließ Ivan innerlich jubeln.

»Ich vermisse dich, Ivan. Bitte genieße das Wasser und trinke es auf mich. Es wird deinen Geist erfrischen. Wann kommst du in die Neue Stadt? Ich warte dort auf dich.« Die Nachricht war vom König unterzeichnet.

»Ha. Siehst du? Er vermisst mich.« Ivan wedelte mit dem Zettel vor Simeons Nase herum. »Und er erwähnt die Neue Stadt und möchte, dass ich ihn dort aufsuche.«

Simeons Miene verdüsterte sich. Langsam schüttelte er den Kopf. »Das ist ein Trick.«

»Ein Trick?«

Der alte Mann ging langsam wieder zum Fenster hinüber. Er zog die Fensterläden zu, um die Öffnung zu verschließen. »Komm am Dienstag in den Tempel, dann wirst du es sehen.«

»Aber der König ...«

»Vertraue mir. Überstürze nichts, bevor du den Prediger gehört hast. Er wird dir helfen, zu verstehen. Und was immer du auch tust, denke nicht einmal daran, von dem Wasser hier zu trinken.«

Ivan war verwirrt. »Aber wieso denn nicht?«

»Wenn der Zettel eine Fälschung ist, dann könnte das Wasser vergiftet sein. Denk doch mal nach, Ivan. Wieso sollte dir der König einen Kelch mit seinem königlichen Wasser hinstellen, wenn du in der vierten Ebene lebst, an dem Ort, an dem die Quelle fließt und alle umsonst daraus trinken können?«

»Ich weiß nicht. Vielleicht ...«

»Vielleicht sollte ich dich zur Quelle bringen. Ein Schluck davon wird dir die Wahrheit zeigen.«

Ivan stand mit hängenden Schultern da. Er hatte wirklich geglaubt, dass der Zettel mit der Nachricht echt war. »Der Zettel ist also gar nicht wirklich vom König?«

»Ich fürchte, nein.« Simeon tätschelte ihm tröstend die Schulter. »Der Feind imitiert ständig die Geschenke und Segnungen des Königs. Die meisten Wunder sind Fälschungen.«

Ivan war zu niedergeschlagen, um zu widersprechen. »Na ja, dann ist es vielleicht das Beste, wenn du mich mit zur Quelle nimmst.« Es dauerte nicht lange. Die Quelle mit einem siebenstufigen Brunnen war nur fünf Minuten von seiner Wohnung entfernt. Majestätische Säulen flankierten das Becken in der Mitte, um das herum jetzt gerade hundert aufgeregte Menschen standen und Wasser in Becher, Amphoren, Eimer und sogar Flakons füllten.

»Siehe, das ist die Quelle.« Simeon strahlte und wedelte theatralisch mit den Armen.

»Sie ist wunderschön«, sagte Ivan genau so zu sich selbst wie zu Simeon.

»Trinke. Trinke daraus.«

»Darf ich? Ich meine, ist das umsonst?«

»Natürlich ist das umsonst. Hast du es nicht im Buch gelesen? Wir dürfen kommen und trinken und unser Durst wird gestillt. Umsonst.«

»Das habe ich wohl vergessen.« Ivan trat vorsichtig an das Becken, während Simeon zwischen den durstigen Pilgern hindurch bis zum Rand schlurfte. Plötzlich beugte er sich über das Geländer, und zwar so weit, dass seine Füße nicht mehr den Boden berührten und seine Lippen die Wasseroberfläche erreichten. Er trank in tiefen Zügen und ein genussvoller Schauer durchfuhr ihn. Als er wieder mit beiden Füßen auf dem Boden stand, wischte er sich mit dem Ärmel den Mund ab und strahlte übers ganze Gesicht. »Trink, Ivan, trink.«

Das ließ der sich nicht zwei Mal sagen. Er beugte sich genau so vor, wie es sein Mentor getan hatte, und als er den ersten winzigen Schluck getrunken hatte, stellte er fest: Es war wirklich köstlich.

»Und? Wie findest du es? Simeon klatschte in kindlicher Begeisterung in die Hände.

Ivan musste kurz überlegen und sagte dann: »Es schmeckt nach … nach …«

»Ja?«

»Es schmeckt nach mehr.« Ivan steckte sein ganzes Gesicht in das Becken hinein und trank, so schnell er konnte, ohne sich zu verschlucken.

An den folgenden Tagen ging Ivan oft zu dem Brunnen, um mehr vom Wasser des Königs zu trinken. Gegen Ende der Woche kam er kaum noch zwei Stunden ohne es aus. Zwischen Nomothesias Äpfeln und der Quelle hielt er es vor wachsender Sehnsucht nach Gemeinschaft mit dem König kaum aus. Und der Durst hatte eine willkommene Begleiterscheinung – Ivan versäumte nie seinen täglichen Termin mit dem Buch der Pflichten. In dem Maße, wie sein Durst zunahm, fand er Geschmack an den Regeln, und seine korrekte Stille Zeit wurde beständiger. Er fastete eine Mahlzeit am Tag, zog sich häufiger in die Stille zurück und lernte sogar lange Abschnitte aus dem Buch auswendig. Er war auf dem besten Weg, dem König zu gefallen und so seinen Rückfahrschein nach Hause zu lösen.

Er sah oder hörte den König zwar gar nicht, aber er war sicher, dass sich seine Hingabe und sein Engagement früher oder später auszahlen würden. Ivan war entschlossen, dass der König ihn – wenn er denn käme – durstig und treu vorfinden sollte. Das einzige Manko dieses Lebensstils bestand darin, dass er ziemlich stark abgenommen und sich deshalb schon lange nicht mehr so schwach gefühlt hatte. Aber egal, wenn sein Fasten und Beten dem König gefielen, dann würde er eben fasten und beten. Das war ihm seine Familie allemal wert.

In der Nacht vor dem nächsten Tempeltreffen legte sich Ivan in das Bett seiner neuen Behausung und genoss die Freude, die ihn innerlich erfüllte. Wer hätte gedacht, dass das Hungern und Dürsten nach dem König der Schlüssel dazu war, in seinem Reich zu wachsen und sich weiter zu entwickeln? Der König hatte zwar versprochen, dass alle, die zu ihm kommen, erfrischt werden sollten. Aber jetzt erkannte Ivan, dass es bei dieser Verheißung um die Wonne zwischen den Gängen zum Trinken ging und nicht um Zufriedenheit als Lebensgefühl.

Ivan konnte die nächste Zusammenkunft im Tempel kaum erwarten. Er versuchte zwar, ruhiger zu werden, aber irgendwann gab er es dann auf, noch Schlaf zu finden. Er schlich auf Zehenspitzen zur Haustür hinaus, wobei er sich Mühe gab, die Nachbarn nicht zu stören, und ging zu dem Becken, um noch einmal zu trinken. Zu seiner Überraschung traf er an der Quelle aber mindestens zwanzig Leute an, die ihn im Licht des Vollmondes alle verlegen angrinsten.

»Auch durstig, was?« Ein kleiner Junge stand vor ihm.

Ivan fragte sich, wo wohl die Eltern des Kleinen sein mochten.

»Ja, deshalb bin ich ja hier.«

Auch ein Mädchen im Teenageralter genoss das Wasser aus dem Becken. Auch sie war nicht schüchtern. »Ist das nicht faszinierend? Je mehr man trinkt, desto mehr braucht man davon. Und desto mehr sehnt man sich nach dem König. Ich fühle mich, als würde ich sterben, wenn ich nicht mehr so leben könnte.«

»Ich komme jetzt schon seit zehn Jahren hierher und kann immer noch nicht genug davon bekommen«, sagte ein Mann mittleren Alters, sich in das Gespräch einschaltend. »Es löscht und verstärkt den Durst gleichzeitig.«

Ivan sah zu dem Mann hinüber und lächelte, aber als er ihn genauer ansah, erstarb sein Lächeln. »Geht es dir gut?«

»Mir? Ja klar. Ich bin einfach nur durstig. Mich dürstet nach dem König.«

Aber der Mann sah nicht durstig aus, sondern todkrank. Seine leer dreinblickenden Augen lagen in tiefen, dunklen Höhlen.

»Nur aus Interesse, wann hast du denn zum letzten Mal den König gesehen?«, fragte Ivan den Mann.

»Du meinst persönlich? Schon seit Jahren nicht mehr.«

»Seit Jahren nicht?« Ivan war schockiert. »Und darauf bist du stolz? Ich dachte, es gefällt dem König, wenn uns nach ihm hungert und dürstet, und dass er sich uns dann öfter offenbart.«

»Dann hast du da wohl etwas ziemlich missverstanden.«

»Aber ich muss unbedingt wieder nach Hause zurück.« Ivan hatte das Gefühl, gleich in Ohnmacht zu fallen. »Ich brauche meine Familie. Ich...«

»Nach Hause? Dein Zuhause ist hier. Gewöhn' dich lieber dran.«

»Aber ich dachte... Ich dachte...«

»Wie macht man wohl jemanden hungrig und durstig, mein Junge? Indem man ihn sättigt und zufriedenstellt? Nein, indem man ihm etwas vorenthält. Indem man ihn hungern und dürsten lässt, ihm Wasser vorenthält.«

»Aber er gibt uns doch die Quelle«, wandte Ivan ein.

»Um uns durstig zu machen. In der Quelle ist kein richtiges Wasser, weißt du? Echtes Wasser löscht nämlich den Durst.« In dem fahlen Mondlicht sah der Mann wahnsinnig aus. Sein Blick war wild und seine Augen traten hervor.

Ivans Herz klopfte zum Zerspringen. »Was?«

»Es stimmt! Wasser würde ja deinen Durst löschen, aber dann würde uns nicht mehr nach dem König dürsten, oder? Und was sollte daran wohl gut sein? Du bist jetzt geistlicher, als du es jemals gewesen bist.« Die Stimme des Mannes wurde lauter, während er sprach. »Schau dich doch mal genau an, mein Freund. Du bist ein gähnendes Loch.«

Als sein Blick auf das Spiegelbild im Wasser des Beckens fiel, blieb Ivan fast die Luft weg. Es stimmte. Er sah aus wie ein Gespenst, wie ein wandelndes Skelett. Erst da fielen ihm auch seine Lippen auf. Sie waren rissig und geschwollen. Seine Arme waren ausgemergelt und dünn. Ihm wurde heiß und kalt vor Angst. Was stimmte nicht mit ihm? Er trat taumelnd von dem Brunnen zurück, verlor dabei das Gleichgewicht und fiel rückwärts um.

Ivans Atem wurde schneller und flacher und vor seinen Augen tanzten Sterne. Er musste zurück in seine Wohnung, um sich zu beruhigen und sich auszuruhen. Er rappelte sich auf und zwang sich loszugehen, aber er brachte nicht mehr zustande als einen torkelnden Gang auf dem unebenen Kopfsteinpflaster. Es war die pure Angst, die bewirkte, dass er seine Wohnung erreichte, ohne ohnmächtig zu werden. In dem Augenblick, als er die Wohnung betrat, gaben seine Beine nach und er kippte um auf alle Viere. Er starrte die braunen Bodenfliesen an, schnappte nach Luft und versuchte, seinen verkümmerten Muskeln Befehle zu erteilen. Nur mit allergrößter Mühe gelang es ihm, seinen fiebernden Körper auf die Pritsche zu hieven. Dort lag er dann zitternd in der Dunkelheit und versuchte zu beten.

»König, ich verstehe das nicht. Mich hungert und dürstet nach dir, genau, wie du es willst. Ich lese treu in deinem Buch. Ich lerne, mich an die Regeln zu halten und ich suche dich den ganzen Tag durch Beten und Fasten. Ich gehe jede Woche in den Tempel. Ich will doch einfach nur nach Hause.«

Dann brach er völlig zusammen und fing an, zu schluchzen. »Hilf mir, König. Bitte.« In dem Augenblick erinnerte er sich an die fingierte Nachricht und den Kelch auf dem Küchentisch. Simeon war bei seiner Ansicht geblieben, dass es eine Fälschung sei und die Flüssigkeit in dem Becher Gift, doch das war Ivan jetzt egal. Wenn sich in dem Kelch wirklich Gift befand, dann würde er auf sein Elend trinken und dieser Alptraum von Religion würde endlich ein Ende haben oder er würde zu Hause in seinem Bett wieder aufwachen.

Er wälzte sich also von der Pritsche, schleppte seinen steifen Körper über den kalten Fußboden und erreichte schließlich die Küche. Seine allerletzten Kraftreserven mobilisierend, richtete er sich auf und hielt eine Weile inne, um wieder zu Atem zu kommen. Ivan umschloss den Kelch, der immer noch auf dem Tisch stand, mit zittrigen Fingern, zog ihn langsam zu sich heran und setzte ihn an die Lippen. Es war Zeit, diese Reise zu beenden. Mit tiefen Zügen trank er den Kelch leer. Ein paar Sekunden später spürte er, wie er das Bewusstsein verlor, und ließ sich in die tiefe Schwärze fallen.

KAPITEL 5

Die Schlacht

A m nächsten Tag gegen Abend wachte Ivan wieder auf und war erstaunt, wie erfrischt und zufrieden er sich fühlte. Lange blieb er einfach dort auf dem Boden liegen, und zwar zum einen, um sich zurecht zu finden, und zum anderen, um sich zu fragen, ob der Vorfall am Brunnen in der vergangenen Nacht nicht vielleicht nur ein Traum gewesen war. Seine Haut kribbelte, als er sich an das Gespräch mit dem kranken Mann erinnerte, an sein eigenes grausiges Spiegelbild im Wasser und an die panische Rückkehr in seine Wohnung. Erst da bemerkte er, dass seine Haustür weit offen stand, und er sah auch, dass der Kelch des Königs umgekippt neben ihm auf dem Boden lag. Sein Alptraum war also offenbar sehr real gewesen.

Aber er war am Leben und irgendwie empfand er inneren Frieden. Er schaute seine Hand an und war bei dem Anblick völlig entgeistert. Seine Finger waren rosig, seine Handfläche sah rundlich und gesund aus und auch sein Arm war genau richtig gepolstert und nicht mehr nur Haut und Knochen. Als er sein Gesicht betastete, versuchte er, die Linien der tiefen Höhlen und Furchen zu ertasten, die er in der vergangenen Nacht gesehen hatte, fühlte aber statt dessen eine volle, glatte Wange in seiner Handfläche.

61

Ivan fing an zu weinen. Euphorisch klatschte er mit den Händen auf den Fliesenboden vor sich und fing gleichzeitig an, zu lachen. Die Freude überfiel ihn mit einer solchen Wucht, dass ihm die Seiten schmerzten und er kaum noch Luft bekam. Es dauerte nicht lange, da war sein Gesicht tränennass, und er wusste nicht mehr so genau, ob er weinte oder lachte oder beides gleichzeitig. Als der Ausbruch langsam wieder abebbte, schaute er nach oben und lächelte.

»Danke, König. Das war ein wunderbares Geschenk. Ich werde noch heute zur Neuen Stadt hinunter gehen. Ich muss einfach ...«

Sein Gebet wurde unterbrochen von einer Trompetenfanfare, die ihn aufschrecken ließ. Kurz darauf ertönte die Fanfare erneut. Bald schon hörte er, wie Menschen die Straße entlang rannten. Ein lautes *Bum, Bum, Bum* begleitete das Durcheinander. Jemand schlug die Trommel so heftig, dass Ivans Herz in den Rhythmus einstimmte. Was war da los? Nachdem er auf die Füße gesprungen war, taumelte er zur offenen Tür und genau in dem Augenblick kam ein muskelbepackter Soldat vorbei. Als er Ivan erblickte, blieb er stehen und sprach ihn an.

»Steh nicht einfach da und guck dumm aus der Wäsche. Wo ist deine Rüstung, Soldat?«

»Das muss ein Irrtum sein. Ich bin kein Soldat.« Ivan merkte, dass er ein paar Schritte zurückgewichen war in seine Wohnung.

»Was?« Die Adern des Mannes traten am Hals hervor wie Luftballons. »Jeder Bewohner von Basileia ist Soldat, und jeder Bewohner muss kämpfen. Wir befinden uns nämlich im Krieg, falls du das noch nicht gehört hast.«

Ivan spürte, wie ihm das Blut aus den Wangen wich, die ja erst gerade wieder Farbe bekommen hatten. Krieg? Er war fassungslos. »Ist das hier denn nicht ein friedliches Königreich? Ich ...«

Bei diesen Worten kam der ungeduldige Soldat auf ihn zugestapft, packte ihn am Kragen und zerrte ihn wie ein ungezogenes Kind mitten auf die Straße. Die starken Arme drehten ihn so, dass er in die Richtung schauen musste, wo Kakos lag. »Da! Sieh selbst!«

Ivan sah die riesige Wolke, die wie immer über dem traurigen Kakos hing, sich aber an diesem Morgen wie ein Dunstschleier in ihre Richtung bewegte und mit jedem Augenblick näher kam. Doch dann erkannte er, dass es gar kein Dunstschleier war, sondern eine Armee aus tausend geflügelten Wesen, vereinte Schwärze, die in Kampfformation auf Basileia zugeflattert kam. Die kollektive Furcht der Alten Stadt war förmlich mit Händen zu greifen.

»Wenn du nicht bei lebendigem Leibe gefressen werden willst, dann würde ich vorschlagen, dass du dich zum Tempel begibst und dort deine Rüstung anlegst«, sagte der Soldat und ließ Ivan wieder los. »Und nimm dein Schwert zur Hand. Ich erwarte, dass du in der ersten Reihe stehst, verstanden?«

Ivan nickte, wie hypnotisiert von dem immer näher kommenden Schwarm. Ein Schwert? Er war noch nie zuvor im Krieg gewesen – hatte weder jemals ein Schwert in der Hand gehabt noch mit einem Bogen geschossen oder mit sonst irgendeiner Waffe hantiert. Das hier war kein Computerspiel. Er musste sich auf den Weg zum Tempel machen.

Nachdem er ungefähr zehn Minuten hektisch gesucht hatte, wurde ihm klar, dass es von der vierten Ebene aus keinen Zugang zum Tempel gab. Er beschloss deshalb, seinen ganzen Mut zusammen zu nehmen und den Weg hinauf in die fünfte Ebene zu wagen. Der schmale Pfad dorthin war in den Fels gehauen und sah eher wie eine Leiter als wie eine Treppe aus. Als er die fünfte Ebene erreicht hatte, nahm Ivan sich kurz Zeit, um sich zu orientieren. Die fünfte Ebene war die kleinste von allen und beherbergte nur die Hälfte der Einwohner, wie sie auf der Ebene, auf der er zuvor gelebt hatte, schon zusammengepfercht waren. Jeder Bewohner, den er hier sah, war entweder in voller Rüstung oder unterwegs zum Tempel – offenbar, um sich dort auszurüsten. Er schloss sich Letzteren an und fand sich schon nach wenigen Minuten in einer Schlange grimmig dreinschauender Basileianer wieder, die auf ihre Kampfausrüstung warteten. Ein großer Mann stand hinter einem Tresen und wischte sich Schweißperlen von der Stirn.

Ivan bemerkte stapelweise Rüstungsgegenstände, die den schmierigen Tresen bedeckten – einen Stapel mit Helmen, einen mit Schwertern, und noch einige mehr – Brustpanzer, Schilde und

Stiefel. Er nahm sich einen verbeulten Helm von dem entsprechenden Stapel. »Wie viel kostet der?«

»Das ist alles gratis mit besten Grüßen vom König.«

»Also ...«

»Von jedem Stapel eines, und dann bitte weitergehen.«

»Und welches?«

»Das ist eine Einheitsgröße.« Der Mann wurde langsam ungeduldig und zog jetzt die Silben in die Länge, um seine Herablassung und Ungeduld zum Ausdruck zu bringen. Weil er keine Szene machen wollte, belud Ivan sich mit den Ausrüstungsgegenständen, zuoberst ein Schwert. Die Sachen waren richtig schwer, und er fragte sich, wie er sich überhaupt noch bewegen sollte, wenn er das alles erst am Körper trug. Er fühlte sich ungeschickt und verwirrt. Was sollte er tun? Er traf einen königlichen Ritter, der bereits fertig für den Kampf ausgerüstet war, und nahm seinen ganzen Mut zusammen, um ihm eine Frage zu stellen.

»Habe ich heute in der Predigt etwas nicht mitbekommen? Ich habe da drinnen nicht einmal einen Sitzplatz entdeckt.«

»Einen Sitzplatz?« Der Mann lachte blechern hinter seinem Visier. »Das hier ist die Kampfebene, mein Junge. Töten oder getötet werden ist hier das Motto. Unterwegs und in der jeweiligen Situation lernen. Mose hatte Zeit zum Beten, aber Josua war ein Kämpfer. Ich an deiner Stelle würde so schnell wie möglich die Rüstung anlegen, und zwar von jetzt an jeden Tag. Die Diabolon sind hinter uns her.« Der Soldat griff nach seinem Schwert und ging dann unter einem Hausdach in Deckung. Sekunden später vibrierte der Wind mit Geheul und Gebrüll, das sicher kilometerweit zu hören war. Aber sie waren näher. Viel näher. Die Luft knisterte vor finsterer Macht.

Jetzt rief der Soldat: »Renn, Mann. Und halte deinen Schild hoch.«

Einen Augenblick später kroch ein kalter Schatten vor ihm über den Boden. Ein pechschwarzer Löwe mit schneeweißer Mähne und grausigen Reptilienflügeln kreiste direkt über ihnen über den Dächern, sodass es Ivan die Sprache verschlug. Schon bald kreisten zwei Diabolon über ihnen und dann drei. Nachdem er seinen Helm vor lauter Angst und Schrecken hatte fallen lassen, drehte sich Ivan um und stürzte in eine in der Nähe gelegene Gasse, sein Bündel mit Rüstungsteilen an sich gepresst, genau in dem Augenblick, als die brüllenden Wesen vorbei flatterten. Der Ritter auf der anderen Seite der Straße brüllte ihn wieder an: »Dein Helm, du Idiot.«

Ohne nachzudenken, sauste Ivan noch einmal auf die Straße zurück und hob seinen Helm aus dem heißen Staub auf. Der dunkle Schatten ergoss sich wie Lava über die Steine, als ein gewaltiger Diabolos vom Himmel auf ihn niederging und so laut brüllte, dass alles erbebte. Ivan warf sich gerade noch rechtzeitig wieder in die Gasse zurück, genau in dem Augenblick, als das Ding vorbeiflatterte. Das war knapp.

Mit zitternden Händen nahm Ivan seinen Helm und setzte ihn sich ungeschickt auf. Dann trat er auf den Rand des Brustpanzers, der vor ihm auf dem Boden lag, stellte ihn auf diese Weise auf, ohne sich bücken zu müssen und legte ihn dann an. Es war allerdings schwierig, mit seinen verschwitzten Händen die Lederbänder festzuzurren. Erschwerend kam hinzu, dass die ganze Zeit Diabolon donnernd um ihn kreisten und die Menschen in seiner unmittelbaren Nähe aus vollem Halse schrieen.

Als er die Straße hinunterschaute, sah Ivan eine Reihe von Rittern, die einen Gegenangriff versuchten. »Für den König«, riefen sie. Er schaute zu, wie die mutigen Kämpfer sich zwei Diabolon näherten und dann mitten auf der Straße Aufstellung nahmen. Er schüttelte den Kopf, als er merkte, dass zwei der Ritter noch Kinder waren und der dritte eine ältere Frau. Sie schwangen ihre Schwerter wild den Ungeheuern entgegen, zerteilten dabei aber nur die Luft.

Die Diabolon ließen sich dadurch auch nicht das geringste Bisschen einschüchtern. Knurrend und mit gefletschten dolchartigen Fangzähnen umkreisten sie die Ritter auf der Suche nach einem Ventil für ihren rasenden Zorn. Eines der Wesen schoss urplötzlich mit schnappenden Zähnen vor und schloss seinen massiven Kiefer um einen Mann, der zu langsam zu Fuß war. Den unglücklichen Krieger in die Luft werfend wie ein großes Stück Fleisch, öffnete sich der Rachen der Kreatur übernatürlich weit, und sie verschlang ihn – mitsamt voller Rüstung – mit ein paar gierigen Bissen.

Das zweite Ungeheuer holte mit seinen furchterregenden Pranken nach der Frau aus und gab ihr eine solche Ohrfeige, dass sie über die Straße geschleudert wurde und eine hölzerne Veranda durchbrach. Den Aufprall konnte sie unmöglich überlebt haben.

Die grausige Szene ließ Ivan innerlich erstarren. Wo war der König? Wer sollte sie gegen diesen Angriff verteidigen? Er bemerkte, dass sich die Ritter jetzt alle zurückzogen. Einer humpelte, sein schlimm zerfleischtes Bein hinter sich her ziehend, hastig auf die Gasse zu, in der auch Ivan sich versteckt hatte.

»Ist alles in Ordnung?«, fragte Ivan ihn besorgt.

»Ich werd's überleben. Lang lebe der König.«

Während der Mann sprach, schreckte Ivan beim Anblick des blutigen Beins zurück.

»Passiert das oft?«

»Du meinst den Krieg hier? Ja, jeden Tag. Es ist ein ständiger Kreuzzug, den jeder Bürger von Basileia mit Mut und Unerschrockenheit auf sich nehmen muss. Unser Feind flüstert uns Dinge ein, er bringt uns Krankheit und führt uns in Versuchung, das Nachjagen aufzugeben. Er greift uns jeden Tag unseres Lebens mit Bösem an und er lauert überall. Sogar ich könnte einer seiner finsteren Verbündeten sein. Der einzige Weg, zu überleben, besteht darin, zurückzuschlagen mit allem, was uns der König dazu zur Verfügung stellt.«

»Welcher Feind? Von wem redest du überhaupt?«

»Von Pythus, dem Schlangenkönig von Kakos, unserem wahren Feind.«

»Und wieso tut der König nichts gegen diesen Pythus?«, fragte Ivan, immer noch fassungslos vor Entsetzen.

»Ach, das hat er doch. Vor vielen Jahren, als die Brücke zwischen Kakos und Basileia fertiggestellt wurde, ist er nach Kakos marschiert und hat Pythus und die Diabolon ganz allein besiegt. Nur durch seinen Sieg damals sind wir heute überhaupt in der Lage, die Schlacht zu bestehen. Sein Sieg ist unser Sieg.«

Ivan schaute auf das Bein des Ritters hinunter, das immer noch stark blutete. »Es sieht aber nicht so aus, als würdet ihr gewinnen oder hättet auch nur die geringste Chance. Diese Ungeheuer sind ja riesig.«

»Es wird der herrliche Tag kommen, an dem wir endgültig siegen werden, aber bis dahin müssen wir dem Feind entgegentreten und die Rüstung einsetzen und die Waffen, die uns der König gibt, um unsere Feinde zu besiegen.

»Ich dachte, sie wären schon besiegt.«

»Stimmt.«

»Aber ...« Ivan hatte diese Worte kaum ausgesprochen, da registrierte er das Atmen eines Löwen zu seiner Linken. Ein böser Diabolos stand am Eingang zu der Gasse, die feurigen Augen vor loderndem Hass ganz schmal.

Der Ritter ließ seinen Schild auf seine Knie sinken. »Er muss ein Loch in meiner Rüstung gewittert haben.« Er gab auf. »Sie riechen meine Schwäche. Ich brauche mehr Gebetsunterstützung. Mach' nicht denselben Fehler wie ich.«

Der Diabolos gackerte. »Wir können noch viel mehr riechen als Schwäche, du erbärmlicher Wicht. Eure Sorglosigkeit führt euch geradewegs in den Tod. Euer Fleisch wird ein Festschmaus für mich sein.«

Erstaunlicherweise leistete der Soldat keinerlei Widerstand gegen das blutrünstige Wesen, als es in die Gasse hinein stürmte und ihn gegen eine der Wände schmetterte wie ein schlaffes Spielzeug. Als Ivan herumwirbelte, um zu fliehen, bemerkte er zu spät, dass er mit dem Rücken zu dem Geländer stand, von dem aus man auf die vierte Ebene hinunter blicken konnte. Das Ungeheuer kam jetzt mit weit aufgerissenem Rachen auf ihn zugestürmt, er wurde über den Rand geschleudert und stürzte ins Leere.

Sein einziger Gedanke war, dass er jetzt starb und seine Mädels nie wiedersehen würde. Ivans Schrei wurde abrupt abgeschnitten durch den harten Aufprall einen Augenblick später.

KAPITEL 6

Absturz

Pochender Schmerz rieselte durch Ivans Rücken, Hals und Hüften, gedämpft lediglich durch das heftige Klingeln in seinen Ohren. Es dauerte eine ganze Weile, bis er begriff, was da gerade passiert war. Der Diabolos hatte ihn von der fünften Ebene hinuntergeschnipst und er war gestürzt. Aber wohin? Anscheinend auf die vierte Ebene. Und er war nicht tot, zumindest noch nicht. Als er versuchte, sich zu bewegen, verzog er vor Schmerz das Gesicht und beschloss deshalb, erst einmal zu bleiben, wo er war.

Der dunkle Himmel hing teilnahmslos über ihm und starrte ihn leer an durch ein Loch in dem Reetdach, das seinen Sturz abgebremst und ihm dadurch das Leben gerettet hatte. Auch seine Rüstung hatte wahrscheinlich ihren Teil dazu beigetragen. Halb rechnete er schon damit, dass jeden Augenblick ein Diabolos oder vielleicht sogar der finstere Herr Pythus selbst durch das Loch hereinspringen und ihm endgültig den Garaus machen würde, und er versuchte verzweifelt, sein Herzrasen ein wenig unter Kontrolle zu bekommen.

Doch der erwartete Angriff blieb aus, und es waren auch keine Schlacht- und Kampfgeräusche mehr zu hören. Das bedeutete wahrscheinlich, dass sie ihn für tot hielten und einfach liegen gelassen hatten. Wie lange war er wohl bewusstlos gewesen? Er wackelte mit seinen Zehen und konnte somit ausschließen, dass seine Beine gebrochen waren. Als nächstes drehte er seine Arme und ließ sie rotieren und stellte dabei fest, dass sie ebenfalls unversehrt waren. Sein Rücken schien stark geprellt, aber mit einiger Mühe gelang es ihm, sich inmitten von Stroh und Mörtelbrocken, die er bei seinem Sturz durchs Dach mit sich gerissen hatte, aufzusetzen.

Dann nahm er seinen Helm ab, der jetzt widerlich feucht und glitschig war von Schweiß und dem heftigen Atmen bei dem Kampf. Danach ließ das Klingeln in seinen Ohren ein wenig nach. Ihn fröstelte, als die kühle Abendluft in seine Rüstung gelangte. Trotzdem musste er das eiserne Gewand ablegen, das ihn so unbeweglich machte. Mit einiger Mühe und unter Schmerzen gelang es ihm, sich von der Rüstung zu befreien, und er lehnte sich schwer atmend an die Wand. Neben dem Tisch lag ein umgekippter leerer Kelch auf dem Boden.

Er war also mitten in seiner Wohnung auf der vierten Ebene gelandet. Ein frischer Korb mit Nomothesias Äpfeln war malerisch auf dem Tisch arrangiert. Der Anblick machte ihn wütend. Er schlug mit dem Handrücken bis zur Besinnungslosigkeit dagegen und stürmte dann aus dem Haus.

Ivan beschimpfte den König und den leeren Himmel. »Ich will mein Leben zurück! Dir nachzufolgen, ist einfach zu viel Mühe! Es ist zu schwer! Ich spüre dich nicht, ich sehe dich nicht und ich wäre eben um ein Haar getötet worden, weil ich versucht habe, dir nachzufolgen.« Auf dem Weg die Straße hinauf zu der Treppe setzte er seine Schimpftiraden fort. »Das kann es doch nicht sein, worum es beim Glauben geht! Wenn es aber doch so ist, dann lasse ich es lieber bleiben. Im Gegensatz dazu ist dann Ahnungslosigkeit ein Segen und die reinste Wonne. Na ja, vielleicht nicht Wonne, aber besser, als den ganzen Tag mit Pythus die Säbel zu kreuzen. Aber vielleicht sind meine Zweifel ja wieder nichts anderes als ein Köder

der Diabolon, mit dem sie mich zu fassen bekommen wollen. Vielleicht bin ich ihren finsteren Machenschaften ja schon längst zum Opfer gefallen.« Er lachte irre. »Ich untersuche besser erst noch meine Rüstung nach Löchern, die ich vielleicht übersehen habe. Oder ich brülle erst noch ein paar Gebete heraus. Oder ich nehme meine Segnungen in Anspruch, bevor sie endgültig alle weg sind.« Vor sich hin schimpfend, stieg er die Stufen hinunter zurück in die dritte Ebene. »Nein, Moment mal. Wie konnte ich nur so blind sein? Ich sorge wohl besser wieder dafür, dass ich mehr Hunger habe, nur für den Fall, dass du dich von mir zurückgezogen hast wegen irgendeiner furchtbaren Sünde, die mir nicht einmal bewusst ist. Lieber auf Nummer sicher gehen, als dass mir später etwas leid tun muss, oder?«

Ivan blieb stehen und wartete darauf, dass der König antwortete. »Tut mir leid, ich hatte ganz vergessen, wie beschäftigt du bist und wie klein und unbedeutend ich ja bin. Wahrscheinlich habe ich es gar nicht besser verdient. Ich habe nicht genug aus deinem kostbaren Buch auswendig gelernt, um noch eine Nachricht auf meinem Küchentisch verdient zu haben. Vielleicht könnten ja zehn Minuten mehr am Tag Wunder wirken. Oder sind es zwanzig? Ich liebe Schätzspiele.«

Ivan begann zu rennen. »Und wo ich schon mal dabei bin, vielleicht sollte ich mich zusammen mit Simeon in die Schlange am Brunnen des Todes stellen, um täglich mein Salzwasser zu trinken.« Die Leute starrten ihn mit weit offenem Mund an, aber es war ihm egal. »Ihr solltet es auch mal ausprobieren. Vielleicht sollten wir das alle.« Sie anzuschreien half nicht, sondern die Bitterkeit seiner Seele kam an die Oberfläche, und er war entschlossen, dieses Mal nichts zurückzuhalten. Irgendetwas in seinem Innern war zugeschnappt und zerbrochen. Seine Hoffnung war zerbröselt, sein Glaube schwer erschüttert, und er wollte nur noch weg. Er stieg die Stufen zur zweiten Ebene hinunter.

»Schnell, reich mir noch eine, gib mir noch eine Regel.« Seine Stimme klang inzwischen rau wie die eines Werwolfes. Es war ihm egal. »Irgendjemand, schnell. Ich brauche mehr Schuld, mehr Versagen, mehr zu tun, um meine Gefühle abzutöten. Warum um alles in der Welt sollte ich denn meine Frau wiedersehen wollen? Oder meine Sarah? Nein, lieber sterbe ich hier jeden Tag wieder aufs Neue als elender Wicht.« Er schluchzte jetzt und verschluckte sich an seinen Tränen.

Er war bei Nomothesia angekommen, die sich nervös an ihrem Karren festklammerte. »Stimmt was nicht, Iwan?« Sie kam auf ihn zu, die Arme mütterlich mitfühlend ausgestreckt.

»Was nicht stimmt? Frag lieber, was stimmt. Und übrigens sitzt deine Maske schief. Ich sehe deine Sünden so hell wie den Tag. Und zwar jede einzelne, pikante von ihnen.« Er hörte sich selbst schreien und ruderte drohend mit den Armen. Nomothesia blieb vor Überraschung der Mund offen stehen, aber es war ihm egal. Er rannte an ihr vorbei und verlangte seinem geschundenen Körper dabei das Äußerste ab. Als er endlich die letzte Treppe zur Hauptebene gefunden hatte, war er völlig außer Atem, und auf der Hälfte der nächsten Treppe nach unten begann er Sterne zu sehen.

»Alte Stadt oder Neue Stadt?«

Der zahnlose Wächter stand immer noch da und erfüllte seine ganz spezielle Aufgabe – ahnungslosen Leuten das Buch der Verzweiflung zu überreichen. Er warf den Mann mit ganz besonderem Vergnügen einfach um und ließ ihn auf einem seiner Stapel mit nagelneuen Büchern liegen. Ivan versuchte die Dunkelheit wegzublinzeln, die in sein Denken einsickerte, aber er konnte sie nicht aufhalten. Die Schwärze tropfte wie Teer in seine zerfetzte Seele. Als er zum großen Stadttor der verhassten Stadt hinaus taumelte, spürte er vage, wie der kiesige Pfad unter seinen Füßen wegglitt und er stürzte. Hart schlug er mit dem Gesicht auf und alles wurde schwarz.

KAPITEL 7

Erwachen

m Laufe der nächsten paar Stunden registrierte Ivan mehrere verwirrende Empfindungen – er wurde über Kies gezogen, gerüttelt und durchgeschüttelt und roch jetzt seit kurzem den süßen Duft von frisch gebackenem Brot. Es war dieser Brotduft, der ihn schließlich aus seiner benommenen Niedergeschlagenheit heraus lockte – das und der Gesang. Außer ihm befand sich noch eine Frau in dem Raum, die die ganze Zeit eine Melodie vor sich hin summte. Er ließ seine Augen geschlossen und beschloss erst einmal, so zu tun, als schliefe er, bis er herausgefunden hatte, was hier eigentlich vor sich ging. Der Gesang war dazu sein erster Hinweis. Seine Frau? Nein, die Stimme passte gar nicht. Nomothesia?

Ivan erinnerte sich wieder an die harschen Worte, die er zu der Marktfrau gesagt hatte, und bedauerte jetzt, dass er überhaupt den Mund aufgemacht hatte. Noch ein dummes Versagen mehr. In welchen Minenschacht er auch immer gefallen sein mochte, es war seine eigene Schuld. Sie hatte es nur gut gemeint mit ihm, und zwar seit dem Augenblick, als er sie kennengelernt hatte, und sie hatte die Respektlosigkeit, mit der er sie bestraft hatte, wirklich nicht verdient. Andererseits war er sich nicht sicher, ob er weiterhin etwas mit ihr zu tun haben wollte. Einfach ausgedrückt, er hatte das Buch

73

der Pflichten schlicht satt. Die Schuld, die es seiner Seele aufgeladen hatte, gab ihm das Gefühl, zu ersticken. Er tastete seine Jacke ab und stellte zu seiner Erleichterung fest, dass er das Buch offenbar während seines panischen Abstiegs irgendwo hatte fallen lassen. Gut, dass er es los war. Er wollte nur noch nach Hause.

Er öffnete die Augen einen winzigen Spalt breit und wagte es, seinen Blick langsam von rechts nach links durch den Raum schweifen zu lassen. Er befand sich in irgendeinem gemütlichen kleinen Häuschen, zusammen mit einer rundlichen Frau, die ein paar Meter von ihm entfernt eine große Teigkugel knetete. Auf der linken Seite – er schloss die Augen wieder, als sein Blick auf eine kleinere Gestalt fiel, die direkt neben ihm saß. Es war ein kleines Mädchen, das ihn wie ein Habicht beobachtete – und dann kicherte.

»Ich hab gesehen, dass du geblinzelt hast. Hast du gut geschlafen?«

Ivan hätte diesen bewusstseinslosen Zustand, in dem er sich befunden hatte, nicht unbedingt als Schlaf bezeichnet. Es war eher wie ein religionsbedingtes Koma gewesen. Doch das konnte er ja nicht gut sagen, also öffnete er die Augen und rang sich ein schwaches Lächeln ab.

»Ganz gut, nehme ich an.«

Als sie seine Stimme hörte, drehte sich die Frau zu ihm um und lächelte ihn freundlich an. »Hallo. Wie ich sehe, bist du jetzt wach. Und du siehst, Gott sei Dank, auch schon viel besser aus.« Sie stand auf und streckte den Kopf zu einem winzigen Fenster über der Spüle hinaus. »Vita, unser Gast ist aufgewacht.« Sie sah, dass Ivan eine Augenbraue fragend hochzog, und verstand. »Ich bin Rosa und Vita ist mein Mann. Er hat dich zusammengekrümmt an der Stadtmauer gefunden.«

Ivan wurde rot vor Scham. »Ich ... Ich wollte nur ...«

»Nicht doch.« Es war ein sanftes Schelten, aber dann warf sie ihm ein entwaffnendes Lächeln zu. »Mich haben sie dort vor ein paar Jahren auch gefunden.«

»Jap. Das stimmt«, sagte das kleine Mädchen.

»Das ist unsere Tochter Shelah«, erklärte Rosa.

Die Haustür quietschte in den Angeln, schlug nach innen auf und ein riesiger Mann betrat den Raum. Er musste sich tief bücken, um durch die Tür zu passen. Die Frau deutete stolz in seine Richtung und sagte: »Mein Vita.«

Vitas blaue Augen strahlten. »Wie ich sehe, hast du Rosa schon kennengelernt.« Er ging zu seiner Frau hinüber und gab ihr einen liebevollen Kuss auf die Wange. Jetzt war es an ihr, zu erröten.

»Geht es dir gut? Kannst du laufen?«, fragte Vita Ivan.

»Mein Rücken tut weh und auch mein Kopf, aber sonst ist anscheinend alles heil geblieben.«

»Hier, das wird dir gut tun«, sagte Rosa und riss einen großen Brocken von dem frischen Brotlaib ab, dessen Duft ihn aus seiner melancholischen Benommenheit gelockt hatte, und reichte es ihm.

»Danke«, sagte er und erinnerte sich jetzt wieder an seine Verzweiflung. »Aber ich muss gleich wieder weg.«

»Ich habe dich außerhalb der Stadt vor der Stadtmauer gefunden, mein Freund.« Vita verzog das Gesicht in offensichtlicher Sorge. »Woher kommst du? Und wohin willst du?«

Ivan seufzte über das, was sich anfühlte, als hätte er es schon Millionen Mal erlebt, seit er Basileia betreten hatte. »Offenbar bin ich aus Kakos gekommen, aber in den vergangenen paar Wochen habe ich es mal hier in Basileia versucht. Ich war auf dem Heimweg, als du mich gefunden hast.«

»Du willst zurück nach Kakos? Aber warum denn?« Das Kind sah ihn mit großen Augen an.

»Nein, nicht nach Kakos, sondern nach Hause. Aber wenn ich nicht wieder zurück nach Hause kann, dann zurück nach Kakos, auf die Brücke oder vielleicht auf eine Reise ohne Rückfahrticket in die Schlucht.« Er sah jetzt zu Boden. »Mit Basileia und dem Nachjagen bin ich jedenfalls fertig, und mit dem König ebenfalls.«

Als er zu Vita aufblickte, sah er, dass sein Gastgeber Tränen in den Augen hatte. »Du bist in der Alten Stadt gewesen, nicht wahr?«

»Ich dachte, das tun die meisten Leute.«

»Du brauchst dich gar nicht zu verteidigen. Was es bedeutet, steht dir nämlich ins Gesicht geschrieben«, sagte Rosa.

»Mein Gesicht?«

»Deine Maske.«

Shelah trat näher an ihn heran und nahm sein Gesicht in ihre beiden kleinen Hände, bevor er sich wieder abwenden konnte. Sie stand einfach da, bis er genügend Mut gefasst hatte, um ihren Blick zu erwidern. Sie sah aus wie seine Tochter und roch sogar wie die kleine Sarah. Ihre Stimme brachte seine Bitterkeit ein wenig zum Schmelzen.

»Kann ich sie dir abnehmen?«

»Sie muss ja inzwischen ziemlich lädiert sein.« Beschämung lastete auf seinen Schultern wie ein schweres Joch, aber Shelah wartete auf seine Antwort. »Also gut, nur zu.«

»Sie passt dir ja auch gar nicht mehr, du Dummkopf«, sagte das Mädchen und pellte ihm behutsam die hartnäckige Schicht Zentimeter für Zentimeter ab. Als sie damit fertig war, hielt sie die schlaffe Haut auf Armeslänge von sich fern, als wäre sie ein totes Tier, das sie im Garten gefunden hatte. Schnell gab sie es Vita weiter, der die klebrige Masse sofort ins Feuer warf. Dort schlug sie Blasen, zog sich zusammen, und dann ging sein altes Gesicht in Flammen auf.

»So, das wärst du los«, sagte Rosa.

»Aber dein Gesicht sieht immer noch so traurig aus. Sei nicht traurig.« Shelah sah ihm in die Augen, als suche sie dort nach etwas. Und zum ersten Mal, seit er sie kennengelernt hatte, sahen auch ihre Augen traurig aus. Ein Kloß aus Trübsinn saß ihm im Hals, den er wieder herunterzuschlucken versuchte.

»Ich glaube, es ist wirklich besser, wenn ich jetzt wieder gehe.«

»Nein, es ist besser, wenn du bleibst.« Sanft legte Rosa ihre Hand auf seine. »Schreib Basileia bitte nicht ab, bevor du eine Weile in der Neuen Stadt gelebt hast.«

»In der Neuen Stadt?« Ivan merkte, wie seine Oberlippe bebte. »Der König hat die Neue Stadt in einer Nachricht an mich erwähnt.«

»Die Neue Stadt ist sein Zuhause«, sagte Vita und deutete dabei mit einer Geste nach draußen.

»Und wenn du willst, auch deines«, fügte Rosa hinzu.

»Bitte bleib' bei uns. Er kann doch bleiben, Mama, oder?« Shelah wischte sich eine Träne ab, die ihr entwischt war. Aber genau so schnell, wie er gespürt hatte, dass er weicher geworden war, wappnete er sich auch wieder, verhärtete sich innerlich wie ein Stein und presste die Kiefer aufeinander. Er stand abrupt auf und befreite sich aus der Umarmung. Wieder wurde ihm heiß und kalt vor Verwirrung.

»Nein. Ich habe es auf jeder Ebene probiert, die die Stadt zu bieten hat. Ich bin dem Regenbogen gefolgt, den ihr euer ganzes Leben lang sucht, und zwar ganz bis ans Ende, bis direkt in die Wolken hinein. Er hat mich zu nichts weiter geführt als zu einem gähnenden Loch in meiner Seele. Vielleicht sehe ich meine Familie nie wieder.«

»Über deine Familie weiß ich nichts, aber ich weiß, dass du es in der Neuen Stadt noch nicht versucht hast.« Vitas Stimme war fest und sicher.

»Ich bin es leid, es zu versuchen«, erwiderte Ivan darauf mit noch festerer Stimme. »Ich muss einen Weg finden, nach Hause zurück zu gelangen.«

Vita seufzte und machte eine Geste zur Tür. »Dann werden wir dich nicht aufhalten.«

»Nehmt es bitte nicht persönlich, aber meine Hoffnungen sind einfach zu oft enttäuscht worden, als dass ich mich davon noch erholen könnte. Ich muss weg hier. Ich bin fertig. Ich werde schon irgendwie allein meinen Weg nach Hause finden.«

»Das verstehe ich.« Rosa lächelte unter Tränen. An ihrem Blick erkannte Ivan, dass sie es wirklich so meinte. Unter anderen Umständen hätte er gerne ihre Geschichte erfahren, aber die Hilflosigkeit war mit Händen zu greifen. Er nickte Vita zu, als er das Häuschen verließ und sich für eine zweite Abreise aus der verhassten Stadt rüstete.

Ivan blickte auf, um zu schauen, in welche Richtung er gehen musste, und blieb wie angewurzelt stehen. Ihm blieb der Mund offen stehen. Sein Herz raste, er wurde krebsrot und zitterte am ganzen Körper. Ein Schrei entfuhr ihm, bevor er auch nur reagieren konnte. Er taumelte zurück durch die Tür, wo Vita, Rosa und Shelah grinsend und mit verschränkten Armen da standen. Allem Anschein nach hatten sie schon mit seiner Rückkehr gerechnet.

»Es ist... es ist...«

»Das wissen wir.«

Vita reichte Ivan eine kräftige Hand. »Lust auf einen Spaziergang, mein Freund?«

»Hier, nimm noch ein Stück Brot mit.« Rosa reichte ihm einen großen Brocken davon, bevor Vita ihn zur Tür hinaus in eine völlig neue Welt führte, die Welt des Königs.

KAPITEL 8

Das Buch des Lebens

van fühlte sich wie ein kleines Kind, das zum ersten Mal auf dem Jahrmarkt, am Meer, in den Bergen und im Haus der Großeltern ist, und zwar alles gleichzeitig. Er ging wie in Trance und versuchte all die Wunder um sich her aufzunehmen. Er streckte eine kribbelnde Hand aus. Die Luft fühlte sich lebendig an und glitzerte, als würden exquisite kleine goldene Schneeflocken schwerelos vor ihnen niedergehen. Als er seine Hände bewegte, kräuselte sich die Substanz wie eine Flüssigkeit und erhellte augenblicklich alles, wo seine Hände mit den Teilchen in Berührung kamen.

»Was ist das?«

Vita lächelte herzlich und genoss offensichtlich Ivans Gesichtsausdruck. »Das ist die Sphäre des Königreiches. Die Herrlichkeit des Königs. Sein Reich ist die Sphäre des Lichtes, der Herrlichkeit und des Lebens.«

»Das sehe ich«, erwiderte Ivan, geblendet von dem Anblick. »Und es ist immer da? Es kommt und geht nicht wieder weg?«

»Das Königreich ist ein realer Ort, Ivan, das vergessen viele Menschen. Ein Königreich beginnt immer mit einem König, wie du weißt. In der Alten Stadt geht es um Regeln und Unterwerfung, aber es kann kein Königreich ohne eine eigene Sphäre geben. Die

79

Sphäre des Königs schließt die Bereiche in unserem Inneren ein, die wir ihm mit übergeben haben, aber es ist viel mehr als das. Die Wahrheiten im Buch des Königs sind nicht nur schöne Worte und neue Ideen. Du hast ein echtes Königreich betreten, eine Sphäre von Pracht und Licht. Wärme dich in ihrem Schein und atme sie tief ein.«

»Ich glaube, das schaffe ich.«

Vita lachte. »Das will ich doch hoffen.«

»Du hast das Buch des Königs erwähnt. Ich habe meines anscheinend weggeworfen.«

Bei diesem Gedanken verspürte Ivan einen stechenden Schmerz der Reue. Doch jetzt war es zu spät.

»Ist es das hier?«, fragte Vita und zog ein Buch hinter seinem Rücken hervor. Ivan glaubte den abgenutzten braunen Umschlag sofort wiederzuerkennen, aber es stand ein anderer Titel darauf.

»Nein«, sagte er schließlich. »Das ist es nicht.«

»Ich habe es direkt neben dir am Tor gefunden.«

»Mein Buch hieß das Buch der Pflichten.«

»Ja, das war es wohl.«

»Das hier ist das Buch des Lebens.«

»In diesem Moment, ja.«

Ivan war verwirrt. »Dann ist es nicht meins.«

»Mein König, bitte hilf mir, es meinem Freund zu erklären.«

»Wie bitte?«

»Ich habe gerade mit dem König geredet.«

»Gebetet, meinst du wohl. Das habe ich auch immer gemacht, aber jetzt nicht mehr.«

»Du hast nicht richtig gebetet, bevor du es nicht in der Neuen Stadt tust«, erklärte Vita. »Ich versichere dir, dass dies hier dein Buch ist.«

»Nein, es hat den falschen Titel. Auf dem hier steht doch ›Buch des Lebens‹. Meines war das ›Buch der Pflichten‹.

»Ich weiß. Aber das Buch ist lebendig, Ivan.«

»Lebendig?«

»Ja. Es enthält den Atem und das Leben des Königs. Aber alles Lebendige passt sich der Umgebung an, in der es lebt. Wenn wir also mit dem Buch in Berührung kommen, vermischt sich unsere Persönlichkeit mit der Botschaft darin. Wir neigen dazu, es so zu sehen, wie *wir* sind und nicht so, wie *es* ist. Schau dir das Buch doch noch einmal an.« Er reichte es Ivan, der es sich erneut genau anschaute. Irritiert legte Ivan jetzt den Kopf ein bisschen schräg. »Das Buch der Pflichten.«

»Ist es das?«

»Ja. Sieh doch selbst. Es steht deutlich lesbar auf dem Einband.« Ivan gab Vita das Buch zurück, der jedoch den Kopf schüttelte.

»Nein. Es ist ein Buch des Lebens, siehst du?« Und wirklich. Jetzt stand da eindeutig *Das Buch des Lebens,* genau wie kurz zuvor schon.

»Das verstehe ich nicht. Ist das ein Trick?«

»Nein, denn obwohl sich das Wort des Königs niemals ändert, verändert sich doch ständig die Art, wie wir seine Wahrheit erleben. In gewisser Weise wird das Buch das, wofür wir es halten. Radikale Eiferer betrachten es als Rechtfertigung, auch Böses zu tun, und in ihrer Hand wird es dann auch zu dem, was sie sagen. Und weil dir die Lügen der Alten Stadt eingetrichtert worden sind, ist das Buch für dich ein Buch der Pflichten. Für mich, der ich mit dem Leben der Neuen Stadt erfüllt bin, ist das Buch eine Möglichkeit, Freude am König zu erleben. Es ist ein Buch des Lebens, und ich glaube, der König wünscht sich sehr, dass die Menschen es so sehen. Ich jedenfalls erlebe es so.«

»Also gut, dann möchte ich auch sehen, was du siehst.« Ivan spürte eine sehr zarte und verletzliche Hoffnung in seinem Innern aufflackern. Er nahm Vita noch einmal das Buch aus der Hand und sah intensiv auf den Einband. »Das Buch der Pflichten«, stand darauf. Ihm sank der Mut. »Ich möchte den König kennenlernen. Ich möchte, dass dieses Buch für mich zu dem wird, als was der König es sich für mich gedacht hat.«

»Dann sag es dem König.«

»Aber er ist doch nicht da.«

»Versuch's einfach.«

Ivan seufzte. »König, ich möchte dich gern kennenlernen, wo auch immer du gerade sein magst. Ich möchte sehen, was Vita sieht.«

Einen Moment lang passierte gar nichts, aber dann wurde der Bucheinband wie dickflüssig und verformte sich, bis sich aus den Buchstaben darauf die Überschrift *Das Buch des Lebens* bildete. Aufgeregt schlug er es auf, durchblätterte ein paar Dutzend Seiten und überflog im Blättern die Worte darauf. Sie dufteten so köstlich wie Essen, so wie Rosas frisches Brot, das auch seiner Seele Nahrung gab. Die Geschichten schienen ihn förmlich von den Seiten aus anzuspringen – oder war er sogar in das Buch hinein geraten?

»Wo sind denn all die Regeln geblieben? Sind sie weg?« Sein Herz raste.

»Alle außer einer.« Vita deutete auf die Seite.

Ivan las, was Vita markiert hatte. »*Liebe den König und liebe das, was er liebt*. Das ist alles? Nur diese beiden Dinge?«

»Eigentlich ist es sogar nur eine Sache. Den König zu lieben bedeutet nämlich, diejenigen und das zu lieben, was er liebt, und damit kann man sein ganzes Leben zubringen. Ja, genau darum geht es.«

»Ich verstehe.« Ivan sprang aufgeregt auf und ab, hielt dann inne, weil er so erstaunt war über sich selbst. Es gelang ihm ein atemloses Nicken, kurz bevor diese überraschende Freude die fadenscheinigen Nähte seines Herzens reißen ließ und ihm als lautes kindliches Lachen aus dem Munde purzelte.

»Du wirst wieder zum Kind.« Tränen traten in Vitas blaue Augen.

»Wie meinst du das?«

»Du kannst Basileia nicht betreten mit dem Herzen eines Erwachsenen. Und du kannst auch wahre, echte Freude nicht mit einem alten Herzen erleben, egal, wie lange du schon hier lebst. Deine Freude sagt mir, dass dein Herz schon jünger wird. Deine Seele hatte die Stadt verlassen, ohne es zu wissen. Und jetzt kehrt sie wieder zurück.«

KAPITEL 9

Gnade

Ivan war schon vor dem ersten Hahnenschrei wach und über-
legte sich ernsthaft, auf die Suche nach einem Hahn zu gehen,
um einmal nicht erschreckt zu werden, sondern selbst zu erschre-
cken. Er war ganz kribbelig vor Aufregung und bereit, mit seiner
täglichen Stillen Zeit, mit Bibellesen und Beten zu beginnen. Es war
Zeit, den König zu beeindrucken. Leider quietschte wie immer die
Haustür in den Angeln, als er aus dem Haus trat, und er war sicher,
dass er dadurch alle Bewohner des Hauses aufgeweckt hatte, vielleicht sogar die Nachbarn noch dazu. Er setzte sich direkt neben der
Haustür auf eine Matte auf den Boden.

»Hier bin ich, König. Ich bin wieder da. Bitte vergib mir meine
Verzweiflung und all das Schlimme, was ich über dich und Basileia
gesagt habe. Hilf mir, dich zu suchen und zu finden. Ach ja, und
bitte bring mich wieder nach Hause zu Monica und Sarah. Amen.«

Ivan öffnete die Augen und sah, dass ein winziger Spatz neben
ihm auf der Matte gelandet war. Amüsiert streckte er seine Hand
nach ihm aus, und zu seiner Überraschung hüpfte ihm der Vogel
auf die Hand und stand wippend und zwitschernd da und schaute
ihm direkt in die Augen.

Genau in dem Augenblick quietschte die Tür neben ihm wieder. Es war Shelah, die aus dem Haus kam, und den Vogel durch das laute Geräusch erschreckte, sodass er davon flog.

»Was machst du da?« Shelah sah aus, als wäre sie noch gar nicht richtig wach. Ihr Haar war zerzaust und die Augen noch halb geschlossen.

»Ich halte meine Stille Zeit. Ich lese in dem Buch und bete zum König. Ich möchte doch ein guter Bewohner sein.«

Shelah blinzelte langsam, und versuchte anscheinend immer noch, richtig wach zu werden. Sie gähnte.

»Das machen die doch nur in der Alten Stadt, du Dummerchen.«

»Wie meinst du das?«

»Na, diese Sache mit der richtigen Stillen Zeit und so. Das gehört doch alles zur Alten Stadt. Hier machen wir so was nicht.«

»Ihr haltet nicht jeden Tag Stille Zeit mit Bibellesen und Beten?« Er war schockiert.

»Nein. Warum sollten wir?«

»Weil der König es so will. Wir brauchen das. Jeder gute Bürger ...«

»Steht das im Buch des Lebens?«

»Aber natürlich!« Ivan versuchte ruhig zu bleiben. »Sehr oft sogar. Gute Bewohner von Basileia können wir doch erst dann sein, wenn wir korrekt und regelmäßig Stille Zeit halten.«

»Bist du sicher? Das hört sich ja an wie das Buch der Pflichten.«

»Wie kannst du das sagen? Schließlich hat doch der König das Buch für uns geschrieben!«

»Jap. Und ich liebe es, und ich lese andauernd darin. Aber es gibt keine Regel, dass man jeden Tag darin lesen muss.«

»Doch! Das steht hier drin, da bin ich absolut sicher«, sagte Ivan und klopfte fest auf den Bucheinband.

»Na gut, dann sag mir bitte Bescheid, wenn du die Stelle gefunden hast.« Wieder gähnte Shelah. »König, könntest du ihm bitte die Wahrheit zeigen?« Sie stand da und schaute einfach kurz in die Ferne. »Das machst du? Danke. Dann gehe ich jetzt wieder ins Bett.«

Nachdem Shelah wieder ins Haus gegangen war, siegte Ivans Neugier dann doch. Er überflog das Register des Buches, fand aber nichts über die korrekte Stille Zeit oder Anleitungen zum täglichen Lesen in dem Buch. Eine Stunde später, als das Haus schon längst zum Leben erwacht war, hatte er immer noch kein Gebot und keine Aufstellung oder Anweisung für eine bestimmte Art und Weise der Stillen Zeit oder Andacht gefunden, wie er sie in der Alten Stadt praktiziert hatte. Als nächstes durchsuchte er die Geschichten über den Glauben der Helden und Freunde des Königs. Sie waren unglaubliche Krieger, Liebhaber, Dichter, Ehemänner, Ehefrauen und Kinder – offensichtlich Günstlinge am Königshof –, aber bei keinem von ihnen wurde die tägliche Stille Zeit auch nur erwähnt. Sie liebten den König sehr und sprachen oft mit ihm, und sie liebten auch sein Buch, aber anscheinend legten sie sich nicht selbst diese tägliche Disziplin auf – zumindest nicht so, wie er es in der Alten Stadt praktiziert hatte. Diese Entdeckung war ihm eine große Erleichterung.

»Frühstück, Ivan.« Er ließ sich nicht zwei Mal bitten. Was auch immer Rosa da gekocht hatte, es duftete köstlich, und inzwischen konnte er auch gut zwei Mal täglich frühstücken. Nachdem er am Esstisch Platz genommen hatte, setzte er sich kleinlaut Shelah gegenüber. Glücklicherweise wartete sie bis nach dem Frühstück mit ihrer Frage nach dem Ergebnis seiner Nachforschungen.

»Und?« Ihr Blick verriet, dass sie die Antwort bereits wusste.

»Ich habe keine Stelle gefunden. Aber es muss sie geben.«

»Was muss es geben?«, fragte Vita interessiert nach.

»Eine richtige Stille Zeit mit Gebet und täglichem Lesen im Buch. All die guten Gewohnheiten, die gute Bürger von Basileia praktizieren, um dem König zu gefallen, damit er sie segnen kann.«

Vita seufzte. »Iss auf. Wir haben viel zu tun, Ivan.«

Ivan aß rasch auf, wusch sich und folgte dann seinem neuen Mentor zur Haustür hinaus. Vita versuchte, ihn durch die Neue Stadt zu lotsen, aber es ging sehr langsam, weil Ivan immer wieder stehen bleiben und intensiv all die guten Anblicke und Gerüche und Geräusche um sich her aufnehmen musste. Die glitzernde Pracht der Sphäre faszinierte ihn immer noch. Jedes Detail schien ihm Kraft und Freude zu geben. Als er an einer Stelle anhielt, um einmal ganz tief und langsam durchzuatmen, legte er seinen Kopf in den Nacken und streckte die Hände zum Himmel empor. »König, mit der Neuen Stadt hast du dich selbst übertroffen.« Als er danach den Blick wieder senkte, bemerkte er, dass sich der Boden unter seinen Füßen verändert hatte, seit er das letzte Mal nach unten geschaut hatte. Das Pflaster war gleichzeitig fest und flüssig, es war irgendwie fließend und kräuselte sich, als er es mit dem Fuß testete.

»Lass mich raten – der Boden ist ebenfalls lebendig.«

Vita war ihm bereits etwa dreißig Schritte voraus. Der große Mann drehte sich um und täuschte Verärgerung vor. »Wir müssen jetzt aber wirklich weiter. Du könntest dich auch mal ein bisschen anstrengen, um Schritt zu halten. Aber was deine Frage angeht, nein, der Boden ist nicht lebendig.«

»Aber woraus besteht er denn dann?« Ivan ging in die Hocke, um den Boden mit den Fingern zu berühren. »Es sieht aus wie Straßenpflaster, aber das ist es nicht, oder?« In dem Augenblick, als er mit der Substanz in Berührung kam, lief ein Schauer durch seinen Körper, der sich in seinem Herzen zu sammeln schien. Es war unmöglich, bei dem Gefühl, das dabei entstand, nicht zu lächeln.

»Das ist reine Gnade, Ivan. Wohin auch immer du in Basileia gehst, stehst du auf der Gnade des Königs. Und du lächelst aufgrund dessen, woraus Gnade besteht. Ihre Substanz bewirkt Freude.«

»Was du nicht sagst.« Ivan standen Tränen in den Augen. Es fühlte sich so gut an, zur Abwechselung einmal über etwas Schönes zu weinen.

»Wenn du das schon faszinierend findest, dann warte erst einmal ab, bis du siehst, wohin wir gehen.«

Vita nahm ihn behutsam am Arm und führte ihn durch die Stadt direkt bis ins Zentrum – einen grasbewachsenen Hügel mit einem einsamen Kreuz darauf.

»Golgatha?«

Vita brauchte darauf nicht zu antworten. Ja, er konnte auch gar nicht antworten. Das hier war der Ort, wo der König sein Leben hingegeben hatte, um für die Sünden der Bewohner sowohl von Basileia als auch von Kakos zu bezahlen. Es erfüllte Ivan gleichzeitig mit Furcht, Staunen und Dankbarkeit.

»Dürfen wir dort hinauf gehen?«, fragte Ivan.

»Ob wir das dürfen? Wir müssen sogar. Ich komme so oft wie möglich hierher.«

Und dann gingen sie hinauf. Jeder Schritt schien heilig. Jeder Augenblick schien gewichtiger und mächtiger als der vorhergehende. Ivan merkte, dass er auf das Gras hinunter schaute, das jetzt eher aussah wie ein Strom, der den Hügel hinab floss, und nicht wie gewöhnlicher Rasen. Und es war auch tatsächlich ein Strom, eine Quelle, die den ganzen Hügel bedeckte und ihn mit derselben Gnade überzog, die auch das Fundament der gesamten Stadt darstellte. Sein Blick folgte dem Wasser zu seiner Quelle, langsam den Hügel hinauf, bis er das Kreuz vor sich sah. Es verschlug ihm vor Schreck den Atem.

Der König hing blutend und sterbend an dem Kreuz. Als Ivan sich voller Angst zu Vita umdrehte, merkte er, dass das Gesicht seines Freundes tränenüberströmt war. Nur mit Mühe und bebendem Kinn konnte Vita sprechen.

»Nein, der König ist jetzt in diesem Augenblick nicht am Kreuz. Aber sein Opfer ist ewig. Das heißt, dass jedes Mal, wenn wir ans Kreuz kommen, sein Blut wieder genau so fließt, wie an dem Tag, als er es für uns vergossen hat. In gewisser Weise müssen wir alle zu ihm kommen und ihm hier an dieser Stelle in die Augen sehen. Bevor wir das nicht getan haben, wissen wir eigentlich gar nichts.«

»Was denn wissen?«

»Das musst du schon selbst herausfinden. Es ist ein Weg, den du allein gehen musst.«

Ivan merkte, dass er zitterte. Der König war übel zugerichtet. Er war geschlagen worden und sein geschundener Körper war blutüberströmt. Seine Hände und Füße waren von Nägeln durchbohrt, die ihn an dem grausigen Holz festhielten. Er krümmte sich vor Schmerzen.

»Wer hat ihm das angetan?« Zorn durchfuhr Ivan.

»Ich.« Vita schluchzte laut auf. Das sollte Vita getan haben, der sanfte Riese? Aber dann war eine andere Stimme zu hören, eine Stimme so sanft, dass sie eine unbeschreibliche Macht hatte.

»Du hast es auch getan, Ivan.« Die Stimme des Königs. Und dem König konnte man nicht widersprechen.

»Ich habe es getan«, sagte er und hasste sich dabei selbst.

»Sieh mich an.« Der König sprach ihn jetzt direkt an. Der König, den er gesucht hatte. Der König, mit dem er in der Alten Stadt Schluss gemacht hatte. Inzwischen zitterte er unglaublich, die Nase und die Tränen rannen wie der Hügel selbst, Scham und Schuld peinigten ihn mit körperlichen Schmerzen. Ivan blickte auf. Sein Blick traf auf den des Königs, er schaute ihm geradewegs in seine ewigen Augen.

Diese Augen waren Genesis und Offenbarung, das Meer und die Sterne, Sonnenaufgang und Sonnenuntergang, Anfang und Ende. Sie waren jubelnde Freude und niederschmetternde Traurigkeit, grollender Donner und sanfte Brise, Feuer und Schnee. Und sie waren Liebe. Reine, rasende, ungeschehen machende, Auferstehung bewirkende, versengende, narbige, tanzende Liebe – zu ihm. Ivan fühlte sich, als würde er in die Seele des Königs hineingezogen. Sein Blick bewirkte einen prachtvollen Strudel aus Geist und Leben.

»Gib mir deine Liste mit Regeln.« Der König sprach jetzt wieder, aber nicht mehr vom Kreuz herab, sondern er stand mit ausgebreiteten Händen neben Ivan. Das Kreuz war leer vor ihm – kalt und rau und grob.

Ivan verstand nicht. »Welche Liste, mein König?«

»Die in deiner Hand.«

Die in seiner Hand. Wie konnte er das nur übersehen haben? Die verdammende endlose Liste mit all den Regeln, was er zu tun und zu lassen hatte, die immer länger werdende Liste seiner Verfehlungen und seines Versagens, die Liste der Pflichten und Gesetze und Regeln, die er niemals einhalten konnte. Der Tod seiner Leidenschaft. Diese Liste.

»Gib sie mir, mein Sohn.«

Ivan gab dem König den dicken Stoß Papier wie in Zeitlupe, als wäre er in Trance. Ein fürchterliches Gewicht wurde ihm im nächsten Augenblick von der Seele genommen und er fragte sich, ob er jetzt überhaupt noch etwas wog. Aber die Trance wurde durch ein »Rums« unterbrochen, so laut, dass ihm die Ohren klingelten. Er wäre beinahe aus seiner Haut gefahren, als er sah, was der König tat. *Rums!* Er nagelte die verhasste Liste mit Regeln an das Kreuz. *Rums!* Schlug mit aller Kraft auf den Nagel und stöhnte dabei mit einem ungeheuren Zorn, der eigentlich gar nicht zu einem König passte. *Rums! Fast.* Die Liste zerfaserte direkt dort an dem grausamen Holz, verrottete und entflammte und verschrumpelte – und dann schien der Kreuzbalken selbst erst den Nagel und dann die Liste zu verschlingen, sog sie einfach in sich hinein.

Sie war weg. Die abscheuliche Liste mit all den vielen Regeln war weg.

Und jetzt?

In dieser Nacht schlief Ivan tief und fest, besser als seit Wochen. Als er wieder aufwachte, stand Shelah auf Zehenspitzen neben seiner Matratze, und ihr Engelsgesichtchen schwebte nur etwa zwanzig Zentimeter über seinem. Sie hatte etwas vor.

»Guten Morgen, Schlafmütze.«

Ivan stöhnte. »Du hast gestern ausgeschlafen. Geh weg.«

»Und du hast heute ausgeschlafen.«

Ivan streckte seine Arme. »Wie spät ist es denn?«

»Zeit zum Mittagessen.«

»Was? Mittag?« Mit einem Ruck setzte er sich auf. »So lange habe ich geschlafen?«

»Ich hab' doch nur Quatsch gemacht.« Shelah gab ihm einen Knuff in die Rippen und sprang von seinem Bett zurück wie ein verspieltes Kaninchen. Wenn sie ein Spiel wollte, dann sollte sie es bekommen. Ivan schoss von seiner Matratze hoch, die Hände zu Klauen verkrampft und wackelnden Fingern.

»Bist du kitzelig?«

Sie schrie auf vor Spaß und tollte durchs ganze Haus, Ivan ihr immer dicht auf den Fersen.

»Kinder, Zeit zum Frühstücken«, rief Rosa streng. Sie griff nach Ivans Kragen, um ihn heranzuziehen, als er vorbei rannte. »Damit sind auch Erwachsene gemeint, die nicht richtig erwachsen geworden sind«, schalt sie, eine Augenbraue in gespielter Missbilligung hochgezogen.

»Hey, aber Vita hat gesagt, dass ich wieder wie ein kleines Kind werden muss.«

»Wie ein Kind und kindisch ist aber nicht dasselbe. So, und jetzt wasch dich.«

»Ja, Mama.« Ivan grinste sie an, sie erwiderte sein Lächeln.

Nachdem Ivan und Shelah sich in einer Blechschüssel gewaschen und sich dabei ausgiebig gegenseitig nassgespritzt hatten, setzten sie sich zusammen an den Frühstückstisch und versuchten, nicht zu lachen. Das Frühstück war köstlich, aber weil Vita in der Nähe war, hatte Ivan nicht so viel Zeit, den Augenblick zu genießen.

»Lass mich raten. Zeit für einen Spaziergang?«

Ivan fing an, sich an diese gemeinsamen Spaziergänge zu gewöhnen und sogar fast auf sie angewiesen zu sein. Nachdem Vita Rosa einen Kuss gegeben hatte und Ivan Shelah so lange gejagt hatte, bis er ihr ein Küsschen auf die Wange geben konnte, gingen die beiden Männer durch die Fliegengittertür hinaus ins Freie. Wenn Ivan mit Shelah spielte, dann wurde ihm immer das Herz schwer vor Sehnsucht nach seiner kleinen Sarah.

»Wann kann ich den König treffen, Vita?«

Vitas Augen strahlten wieder. »Heute, Ivan. Heute.«

Sie waren gerade einmal zwanzig Schritte vom Haus entfernt, als Ivan stehen blieb.

»Schon wieder?«, neckte ihn Vita und tat so, als wäre er genervt.

Aber Ivan ging nicht darauf ein. Irgendetwas hatte in der Nacht durch seine Träume in ihm gearbeitet. Am vergangenen Nachmittag hatte Vita ihn nach Golgatha geführt, zu dem Hügel mitten in der Stadt. Aber irgendetwas stimmte nicht, denn Basileia war doch auf einem Berg erbaut.

»Wo ist er? Wo sind der Berg und die Alte Stadt und die verschiedenen Ebenen?«

»In Basileia gibt es keine Ebenen.«

»Sehr witzig. Ich bin doch selbst hinaufgestiegen, habe auf unterschiedlichen Ebenen gewohnt, und von einer bin ich sogar heruntergestürzt.«

»Das ist eine Illusion der Alten Stadt, die dazu dient, dass sich die Privilegierten erhaben und selbstgerecht fühlen können. In der Neuen Stadt ist der Boden eben. Hier gibt es kein Klettern und Kraxeln zum König hinauf, weil er nämlich mitten unter uns lebt. Und wenn du erst endgültig hier lebst, dann verliert die Alte Stadt ihre Anziehungskraft und ist schon bald ganz verschwunden.«

»Das ist wirklich toll, aber ich muss sagen, dass ich die Äpfel wirklich vermisse.«

Vita legte die Stirn in Falten. »Wie bitte?«

»Na, die Äpfel. In der Alten Stadt habe ich praktisch davon gelebt.«

»Ach so, Nomothesia.« Vita schüttelte den Kopf.

»Du kennst sie?«

»Aber sicher kenne ich sie.«

»Ihre Äpfel sind köstlich, nicht wahr? Und sie haben meinen Hunger nach dem Buch enorm gesteigert.«

»Hat sie dir auch erzählt, woher sie die Äpfel bekommt?«

»Ich habe nie daran gedacht, sie danach zu fragen.«

»Sie verlässt jeden Morgen Basileia, um die Äpfel außerhalb der Stadtmauer und des Tores zu pflücken.«

»Außerhalb?«

»Komm, ich zeige es dir.« Er ging weiter und Ivan ließ sich wie gewöhnlich Zeit. »Wenn's geht, heute noch, Ivan.« Er winkte seinem Gefährten, weiterzugehen. Ivan folgte ihm und staunte immer noch lachend über die glitzernde Welt um ihn her und über die Gnade, von der die Straße gesäumt war. Eine Viertelstunde später kamen sie beim Stadttor an.

»Ich möchte hier aber nicht weg«, sagte er. »Ich meine, ich möchte nach Hause, um meine Familie wiederzusehen.«

»Ich weiß. Und du gehst auch nicht weg. Vertraue mir.«

Der zahnlose Willkommensposten kauerte etwas verschreckt hinter seinem Karren, als sie näher kamen, aber Ivan ging zu ihm hin und reichte ihm die Hand. »Tut mir leid wegen neulich.«

Der Mann sah erst, wie Bestätigung suchend, zu Vita hin, ergriff dann aber Ivans ausgestreckte Hand und drückte sie. »Ist schon gut. Alte Stadt oder Neue Stadt?«

Ivan lachte. »Neue Stadt. Auf jeden Fall.« Der Mann hielt ihm ein Buch hin. Ein Buch des Lebens. »Nein, ich hab schon eines, danke.«

Vita griff nach Ivans Arm und trat mit ihm durch das Tor. Er zeigte auf eine aufgewühlte Stelle im Kies nur eben außerhalb des Stadttors. »Das ist die Stelle, wo ich dich neulich gefunden habe.«

Ivan lächelte. Er hatte es weit gebracht, oder?

»So, wir sind da.«

»An der Brücke?«

»An der Brücke.«

Ivan stand da und schaute über die Schlucht hinweg. »Was genau soll ich mir denn ansehen?«

»Als erstes den großen Baum dort. Von dort holt deine Freundin nämlich die Äpfel, die sie verkauft und dir bringt.« Links vom Tor stand ein Baum mit einem Stamm, der dicker war als ein Fass, mit einer Krone breiter als ein Haus. Und wirklich, er hing voll mit den Äpfeln, von denen er in den vergangenen paar Wochen praktisch gelebt hatte. Manche der Äste waren so voll mit Früchten, dass sie sich bis zum Boden bogen.

»Oh Mann, kann ich mir ein paar davon pflücken? Ich habe richtig Heißhunger darauf.«

»Wenn du möchtest.«

Ivan ging zu dem Baum und blieb im Schatten der Krone davor stehen. Er wollte sich gerade einen großen Apfel pflücken, als er durch ein Rascheln im Laub über sich erschrak. Bevor er reagieren konnte, ließ eine dünne Schlange mit grausigen Giftzähnen ihren Kopf vor ihm aus dem Laub herab. Das Reptil war leuchtend grün und hatte genau die gleiche Farbe wie die Äpfel. Ivan schrie auf und machte einen Satz zurück.

»Was um alles in der Welt ...?!«

»Das ist der Baum der Erkenntnis.«

»Wirklich? Hat Gott den nicht aus dem Paradies entfernt, nachdem er Adam und Eva daraus vertrieben hatte?« Er stand jetzt neben Vita, ein paar Schritte vor dem Baum.

»Nein, Ivan. Es war der Baum des Lebens, den er nach Basileia verpflanzt hat, aber der Baum der Erkenntnis hat sich einfach angepasst, sich in Tausende unterschiedliche Formen aufgespalten und gräbt jetzt seine gierigen Wurzeln in jeden Winkel der Gesellschaft. Wahre Erkenntnis findet nicht nur im Kopf statt, sondern im Herzen. Sie entsteht durch Freundschaft mit dem König. Selbst das Buch des Lebens existiert nicht zum Selbstzweck, sondern ist dazu gedacht, uns zum König zu führen.«

»Macht Nomothesia sich denn keine Sorgen wegen der Schlangen? Was, wenn sie von einer gebissen wird?«

»Sie ist schon gebissen worden, Ivan. Aber genug davon. Schau mal da zur Brücke.« Ivan sah hinüber.

»Ja, sie ist wirklich beeindruckend.«

»Schau genauer hin. Kommt dir davon etwas bekannt vor?«

»Na ja, nicht ...«, setzte Ivan an, hielt aber dann inne. Er schaute noch einmal zur Brücke. Die Spannbreite, die Turmspitze in der Mitte, der Stützpfeiler genau darunter. Und dann erkannte er es. Ihm blieb die Luft weg. »Es ist ein riesiges Kreuz!«

»Nicht *ein* Kreuz, sondern *das* Kreuz. Und was tut es?«

»Es bildet eine Brücke?«

»Ja, und zwar zwischen Kakos und Basileia. Zwischen dem alten Leben und dem König.«

»Und so bin ich hergekommen. Jetzt verstehe ich.«

»Aber wo ist hier?« Vitas Augen strahlten vor Leidenschaft. Ivan begriff nicht, worauf er hinaus wollte, und Vita merkte es. »In der Alten Stadt kann man jede wache Stunde damit verbringen, dem König nachzujagen. Warum ist das so?«

»Weil der König möchte, dass wir ihn suchen. Weil ich näher bei ihm sein wollte. Um ihn zu finden. Damit ich wieder nach Hause zurück konnte.«

»Und?«

Ivan spürte, wie sich ein Tränenschleier vor seinen Augen bildete. »Ich habe ein paar Zettel mit Nachrichten und mal hier, mal da eine Fußspur gefunden, aber das war alles. Es war so frustrierend.«

»Rosa hat es damals auch fast umgebracht. Ich habe sie vor Jahren vor dem Tor gefunden, ganz nah an der Stelle, wo ich auch dich aufgelesen habe. Sie war dort zusammengebrochen. Das ist jetzt zehn Jahre her. Damals waren wir noch nicht verheiratet.«

»Sie ist eine wunderschöne Frau, Vita. Du kannst dich wirklich glücklich schätzen.«

»Weißt du, warum sie so schön ist?«

Ivan schüttelte den Kopf.

»Weil sie in dem Geheimnis lebt, das ich dir gleich zeigen will.« Ivan wollte unbedingt das haben, was Rosa hatte. Sie erinnerte ihn an Monica.

Vita drehte sich um, sodass er Ivan gegenüber stand, und packte ihn fest bei den Schultern. »Du musst mir jetzt ganz genau zuhören. Du kannst nicht mehr näher an den König heran kommen.«

Ivan sank der Mut, aber es stimmte. »Ich ... ich weiß.« Seine Lippen bebten vor Emotion. Er würde nie wieder zurück nach Hause kommen, oder? Seine Hoffnung war dahin.

»Nein, Ivan, du kannst dem König von dir aus nicht näher kommen. All das Versteckspielen der Alten Stadt ist vergeblich. Es gibt nichts, was ein Sterblicher tun kann, um in die Gegenwart des Königs aufzusteigen. Es gibt nichts, was wir tun können, um die Kluft zu überwinden.« Und dann blitzte das verräterische Zwinkern wieder in den Augen des Mannes auf. Ivan stand einfach wie betäubt da. Sein Verstand wollte ihm noch nicht ganz folgen. »Es gibt nichts, was ein Sterblicher dafür tun könnte, Ivan. Aber der König kann sich uns nähern. Der König kann die Kluft überbrücken. Und wie du ja siehst, hat er das auch bereits getan.«

Ivan runzelte die Stirn. »Das ist alles? Das ist dein ganzes Geheimnis? Das weiß ich doch schon alles. So bin ich doch aus

Kakos erlöst worden. Aber wenn wir erst einmal in der Stadt sind, ist alles anders. Alle guten Bürger müssen dem König nachjagen.«

»Dieses Nachjagen gibt es zwar wirklich, allerdings genau in umgekehrter Richtung.«

»Umgekehrt?«

»Ja, Ivan. Der König jagt uns nach. Er hat die Kluft überwunden, um uns näher zu sein. Deshalb brauchen wir ihn nie wieder zu suchen.«

Nie wieder den König suchen? Ivan spürte, wie sich in seinem Innern etwas verschob. Ein ganz kleines Körnchen Glauben entstand, als er die Brücke betrat.

»Er hat sich für uns hingegeben, Ivan. Ganz und gar und ein für allemal.«

Ein weiteres Samenkörnchen platzte auf. Seine Sicht begann zu verschwimmen.

»Er ist dort direkt über dir. Sieh mal.«

Ivan stockte der Atem vor Überraschung. Dort über ihm schwebte der König und erfüllte den Himmel mit seiner Herrlichkeit.

»Er ist dort vor dir, Ivan.«

Und wirklich, auch dort war er, majestätisch und strahlend lächelnd. Direkt vor ihm.

»Und überall um dich her.«

Und auch das stimmte wirklich. Überall um ihn her.

»Und hinter dir.«

Ivan wollte sich gerade umdrehen, als er spürte, wie sich von hinten eine starke Hand auf seine Schulter legte. Eine Hand, geschmückt mit einem königlichen Ring. Eine Hand mit einer tiefen Narbe in der Handfläche. Ivan biss sich auf die Unterlippe, während ihm dicke Tränen über die Wangen rollten. Vita trat zurück, nickte, verneigte sich ehrfurchtsvoll vor dem König und ging dann fröhlich zurück nach Hause.

»Vita ist ein wahrer Bruder«, sagte der König. »Aber jetzt bin ich bei dir.«

Ivan versagten die Beine und ihn befiel eine geradezu überwältigende Freude. Die Herrlichkeit in der Atmosphäre glitzerte um ihn herum und die Gnade auf der Brücke kräuselte sich, als er fiel.

»Ich bin sogar unter dir.« Diese letzten Worte waren wie Donnergrollen und erschütterten Ivan bis ins Mark. Er blickte nach unten und sah auch dort den König, wie er ihn vom Innern der Brücke aus anlächelte, ihn erfüllte, ihn stützte und aufrecht hielt. Ja, der König war die Brücke.

Genau in dem Augenblick, als er glaubte, vor Staunen platzen zu müssen, vervielfachte sich der König irgendwie über ihm, um ihn, vor ihm, hinter ihm und unter ihm, wobei die Originale exakt so blieben, wie sie waren, aber Teile davon sich auf ihn zu bewegten wie strahlende Ströme von Lebendigkeit. Und dann luden sie sein Inneres auf, zerschmolzen mit seinem Körper und wurden eins mit seinem Geist. Sein Körper erstarrte förmlich vor Kraft und Herrlichkeit. Ivan war sicher, dass seine Augen in Flammen standen, auch wenn er keine Schmerzen verspürte.

»Ivan, mein Sohn, mein Kind, ich bin in dir und du bist in mir und ich bin in meinem Vater.« Diese Worte kamen aus dem Herzen des Königs und sie fühlten sich an wie ein Donnerschlag. Das Geräusch bewirkte tiefe Risse in vielen der Lügen der Alten Stadt, die sich in seinem Innern angesammelt hatten. Er spürte förmlich, wie diese Lügen unter der explosiven Kraft der Gegenwart des Königs zusammenbrachen, in Millionen von Teilen zerschellten und sich dann verflüchtigten.

»Suche mich nicht, Ivan«, sagte der König jetzt flüsternd. »Nie wieder. Du hast mich doch schon gefunden. Jage mir nicht nach, sondern freue dich an mir; lass dich von mir fangen. Lass von diesem Augenblick an und für immer und ewig meine Gegenwart sowohl deinen Glauben als auch deine Gefühle übersteigen. Lass diese Wahrheit zu einer tiefen Gewissheit werden, die niemals wankt, was auch immer um dich her geschehen mag.«

»Ja, mein König.«

Ivan warf sich dort auf der Brücke nieder und lag lange da, ausgestreckt mit dem Gesicht auf dem Boden. Das Gefühl, dass der

König in ihm wohnte, war so großartig und wunderbar, dass er es kaum ertragen konnte.

»Ich werde dich nie wieder suchen«, sagte er weinend. »Nie wieder. Danke, danke, danke.«

Das Herz des Königs pochte ebenfalls heftig in Ivans Brust, und zwar vor Freude. Unglaublich, er spürte, dass der König genau so glücklich war wie er selbst, vielleicht sogar noch glücklicher. Er lag den ganzen Tag so da und verfolgte, wie die Sonne ihre Bahn am Himmel vollendete.

KAPITEL 10

Gestillt

Am nächsten Morgen ließ Vita Ivan erst einmal Zeit für sich, damit seine Seele all dem Neuen hinterher kommen konnte. »Es findet nur so viel Verwandlung statt, wie ein Mensch auch verkraften kann«, erklärte er. Dennoch juckte es Ivan, die Neue Stadt zu erkunden. Ein wenig später am Vormittag beschloss er, auf eigene Faust einen Spaziergang zu machen.

Der König fand, das sei eine phantastische Idee. »Darf ich mitkommen?«, fragte er.

Ivan musste leise in sich hinein lachen. »Du bist doch sowieso überall. Ich kann doch gar nicht ohne dich irgendwo hingehen.«

»Aah, du begreifst immer mehr. Aber du kannst überall hingehen, wohin du möchtest, ohne mich zu bemerken.«

»Ja, darin war ich wohl ziemlich gut, aber jetzt nicht mehr. Mir gefällt diese neue Art viel besser, wo ich immer mit dir reden kann, wenn ich möchte.«

»Und wo ich ebenfalls immer mit dir reden kann, wenn ich möchte. Ich wohne in jeder Seele, die zulässt, dass ich ihr König bin. Aber den meisten Menschen ist das gar nicht klar und sie verbringen ihr gesamtes Leben, ohne meine Anwesenheit darin zu erkennen.«

»Sie vergeuden ihre Zeit damit, dir nachzujagen.«

»Ja, wirklich, und warum sollte man Zeit mit der Suche nach etwas verbringen, das man schon hat?«

Ivan verspürte einen stechenden Schmerz der Einsamkeit, und der König bemerkte es sofort.

»Du vermisst deine Familie, nicht wahr?«

Ivan kamen die Tränen. »Ich suche jetzt schon seit Wochen nach einer Möglichkeit, wieder nach Hause zu gelangen. Als ich dich dann gestern auf der Brücke getroffen habe, da habe ich ganz vergessen, dich danach zu fragen.«

»Deshalb hast du mich also so fieberhaft gesucht, hast so eifrig aus dem Buch auswendig gelernt und so viel Wasser aus dem Brunnen getrunken.«

Beschämt nicke Ivan. Der König wusste alles. »Es tut mir so leid. Ich wollte einfach nach Hause.«

Der König kam zu ihm und fasste ihn mit königlicher Hand bei den Schultern. »Ich lasse mich aber nicht benutzen«, sagte er.

Bei diesen Worten liefen Ivan schon wieder die Tränen und sammelten sich an seiner Kinnspitze. Der König streckte die Hand aus und wischte sie behutsam weg.

»Willst du immer noch nach Hause?«

Ivan nickte. »Mehr als alles andere.«

»Wenn du willst, kann ich dich sofort dorthin zurück bringen, aber ich muss auch sagen, dass es mir sehr leid tun würde. Ich bin hier nämlich noch nicht fertig mit dir, Ivan. Du hast jedoch die Wahl. Ich richte mich ganz nach dir.«

Ivan fühlte sich unwohl. Ihm war gerade die Freiheit gewährt worden, sich entweder für seine Familie oder aber auf der anderen Seite für Gott zu entscheiden. Als er so vor dem König stand, bleich und mit zitternden Knien, wurde ihm plötzlich schwindlig. Er brach zu Füßen des Königs zusammen und umklammerte verzweifelt dessen goldene Sandalen.

»Bitte, König. Tu mir das nicht an. Das ist nicht fair.« Seine Tränen nässten die Füße des Königs und als er aufblickte in sein Gesicht, erkannte er die unverrückbare Wahrheit. Der König wollte vor allem und jedem erwählt werden, sogar vor seinen beiden Mädels. Kein Weg führte daran vorbei. Der König würde Ivans Wahl respektieren und sein Angebot nicht zurückziehen.

»Dann ... ich muss darüber nachdenken.«

»Ich komme gleich morgen früh vorbei, um zu hören, wie du dich entschieden hast.«

In dieser Nacht konnte Ivan nicht schlafen. Völlig verwirrt durch die innere Anspannung der Entscheidung wälzte er sich im Bett herum. Seine Gedanken drehten sich ununterbrochen im Kreis. Die Entscheidung war einfach zu schwer. Wie sollte er ohne Monica und Sarah leben? Wie sollte er den Gedanken ertragen, sie zu verlieren? Wie konnte der König so grausam sein? Es fühlte sich an, als müsste er zwischen Leben und Tod entscheiden, aber in diesem Falle bedeuteten beide Möglichkeiten den Tod von etwas sehr Kostbarem.

Nachdem er sich stundenlang gequält hatte, kristallisierte sich inmitten des Strudels der Verwirrung ein ganz einfacher Gedanke heraus: Monica würde niemals wollen, dass er ihr den Vorzug vor dem König gab. Niemals. Ivan stöhnte gequält auf, als ihm das klar wurde. Er schlug gegen die Gnade, von der die Wand neben seiner Pritsche gesäumt war. Es gab nur eine Möglichkeit, das Richtige zu tun, und die hasste er mit jeder Faser. Ja, schlimmer noch, er hasste sich selbst dafür, dass er sie hasste. Zitternd vor Angst hörte er sich selbst die furchtbaren Worte sagen.

»Ich ... ich nehme an, dann werde ich wohl bleiben.«

»Ich habe dich nicht gefragt, was du annimmst.« Die Stimme des Königs war liebevoll, aber bestimmt.

Einen Augenblick später fand Ivan sich platt auf dem Bauch liegend wieder und zwar am Rande der Schlucht zwischen Kakos und Basileia. Seine Arme wurden bis zum Zerreißen über die Kante gezogen und er versuchte, irgendwie Halt zu bekommen. Er war zu Tode erschrocken, als er merkte, dass er mit der einen Hand Monica hielt und mit der anderen Sarah. Beide Mädels hingen über dem Abgrund, nur durch seinen hartnäckigen Willen gehalten.

Er war schockiert, als er merkte, dass ihre Blicke nicht von Furcht erfüllt waren, sondern von stiller Liebe.

»Lass uns los, Liebling.«

Ivans Herz klopfte so heftig, dass er das Gefühl hatte, es bräche ihm die Rippen. »Nein, Monica, niemals.« Ivan knirschte mit den Zähnen, während sein angespannter Körper Zentimeter für Zentimeter auf die Schlucht zu rutschte. Seine Arme brannten vor Anstrengung.

»Vertraue mir, Ivan.« Der König war bei ihm, eine Hand auf seiner Schulter.

»Ich kann sie nicht loslassen. Ich kann einfach nicht.« Er musste sie doch retten und nicht loslassen. Er zog mit aller Kraft und schrie vor Frustration, musste aber dennoch feststellen, dass er sie keinen Millimeter höher ziehen, geschweige denn sie über die Kante hieven konnte. Aus seiner Panik wurde rasende Wut. Er ließ sich ein paar Zentimeter weiter nach vorn rutschen. »Ich werde meine Mädels niemals loslassen. Niemals.« Er versuchte, seine Fersen in den Boden zu stemmen, konnte aber keinen Halt finden, um so das Rutschen zu verhindern.

»Es ist in Ordnung, Papa«, sagte Sarah und ihr Blick strahlte Vertrauen aus.

»Nein, Sarah.«

»Vertraue mir, Ivan«, sagte der König.

Ach, wie sehr er das wollte. Mehr als alles andere wollte er dem König vertrauen. Er drehte sich um, damit er dem König ins Gesicht schauen konnte, das jetzt ebenso tränenüberströmt war wie sein eigenes. »König, bitte hilf mir. Ich kann sie nicht hochziehen, aber ich kann auch nicht loslassen.«

»Ich helfe dir ja schon. Vertraue mir.«

Wieder nahm er Blickkontakt mit dem König auf und es geschah etwas Erstaunliches und zugleich Erschreckendes zwischen ihnen. In einem Augenblick, der zu grauenhaft war, um ihn zu beschreiben, wurden die Worte des Königs plötzlich lebendig in ihm. Alles fiel an seinen Platz. Und mit dem Vertrauen kam der Friede. Ivan drehte sich wieder um, damit er seine Mädels ansehen konnte. Ihr

Blick war immer noch klar, erfüllt von demselben Frieden, den er jetzt auch selbst empfand. Alles schien sich zu entschleunigen – sein Herzschlag, sein Atem, sein Denken.

»Liebling, ich muss euch jetzt loslassen.«

Monica lächelte. »Ich weiß.«

Dann ließ er los.

Ivan wachte schweißgebadet aus dem Traum auf und der König stand neben ihm. Nicht nur der König, sondern auf noch viel tief-greifendere Weise als je zuvor *sein* König, der zunächst gar nichts sagte, aber Ivan seine Hand bot und ihn auf die Füße zog. In dem Augenblick, als die beiden nebeneinander standen, umarmte er Ivan so fest, dass er ihn fast mit seiner königlichen Kraft zerdrückte. Ivan schloss wieder die Augen und saugte die tiefe Zuneigung des Königs auf wie ein Schwamm. Er spürte, wie ihm der König einen Kuss auf die Stirn gab, und roch dessen süßen Atem.

»Danke, Ivan. Wer sein Leben verliert, der wird es finden.«

Eine Minute später merkte er, wie der König seinen Griff lockerte und die Umarmung löste. Als Ivan die Augen wieder aufschlug, sah er, wie der König zurücktrat und sich genüsslich die Hände rieb.

»So mein Sohn, warum sollen wir Hunger und Durst leiden, wenn wir auch gesättigt werden können?« Ivan schüttelte den Kopf und versuchte umzuschalten nach dem, was gerade passiert war. Ehrlich gesagt, fühlte er sich, als wäre er gerade von einem Bus gerammt worden.

Jetzt schaltete sich Rosa in das Gespräch ein. »Entschuldigt, aber ich merke schon, in welche Richtung das hier geht. Könntet ihr das bitte draußen erledigen?«

»Nein, nein, macht es bitte drinnen.« Auch Shelah stand ganz in der Nähe. Begeistert klatschte sie in die Hände. Rosa warf ihr einen strengen Blick zu.

»Was denn machen?« Ivan sah seine neuen Freunde fragend an, aber sie ignorierten ihn einfach.

»Er ist der König, Rosa. Wenn er es drinnen machen möchte, dann lass ihn«, sagte Vita mit einem breiten Grinsen.

»Natürlich lasse ich ihn, Vita. Ich habe ja nur gefragt. Fragen wird man doch noch dürfen, oder? Wieso hier drinnen alles durcheinander bringen, wenn wir es auch draußen machen können?«

Der König kam zu Rosa herüber geschlendert, wobei sein königliches Gewand hinter ihm her wallte. Er nahm ihr Gesicht in seine Hände, gab ihr einen Kuss auf die Wange und sagte: »Wenn du lieber möchtest, dass wir es draußen machen, dann machen wir es draußen. Dieses Mal jedenfalls.«

»Was? Wovon redet ihr überhaupt?« Ivan merkte, dass er das laut gerufen hatte, denn alle drehten sich um und sahen ihn an. Er war peinlich berührt, hielt aber ihren Blicken stand. »Was?«

»Wir machen es draußen«, sagten sie und dann schütteten sie sich aus vor Lachen. Der König nahm Shelah bei der Hand. »Möchtest du mir helfen, mein Schatz?«

»Oh ja!«, sagte sie und hüpfte dabei begeistert wie ein Gummiball. »Ich darf helfen, ich darf helfen.«

In dem Augenblick, als der König sie losließ, sauste sie durch den Raum und klammerte sich an Ivan. »Komm mit«, sagte sie kichernd. Ivan war immer noch irritiert, aber er wurde von ihr durch die Fliegengittertür ins Freie hinaus gezerrt, bevor er protestieren konnte. Der König folgte ihnen, bis sie ihn ungefähr zwanzig Meter vom Haus weg geführt hatte.

»Hier. Ja, genau hier machen wir es.«

Der König strahlte übers ganze Gesicht. »Gut gemacht, Shelah. So, Ivan, ich will dir jetzt etwas schenken. Eigentlich habe ich es dir schon geschenkt, aber du spürst es noch nicht. Und wie du ja schon gesehen hast, werden die meisten meiner Geschenke erst real, wenn einem klar wird, dass sie es wirklich sind.«

Ivan nickte. Er konnte sich nicht vorstellen, was der König jetzt noch für ihn bereit haben konnte. Er stand einfach nur da, würdevoll und schweigend – lange –, und Shelah auch.

»Dürstet dich nach mir, Ivan?«

»Ja, König.« Er spürte, dass sich ein Kloß in seinem Hals bildete.

»Mich dürstet nach dir, mehr als nach sonst etwas im gesamten Universum.«

»Möchtest du, dass ich dir zu trinken gebe?«

»Etwas Echtes, nicht wie aus dem Brunnen des Todes in der Alten Stadt? Etwas wie das, was du mir im alten Haus auf den Tisch gestellt hattest?«

»Noch besser«, antwortete der König. »Das Beste, was ich dir dort zu trinken geben konnte, war wie Wüstensand im Vergleich zu dem, was ich dir jetzt geben kann.«

»Ich möchte es.« Ivan ballte die Hände zu Fäusten. »Mehr als alles andere.«

»Dann muss Shelah dir die Quelle zeigen. Eine Quelle, die nie aufhört zu fließen. Eine Quelle, zu der du kommen kannst, wann immer du willst. Eine Quelle des Lebens, das Wasser meines Geistes. Möchtest du meinen Geist trinken, Ivan?«

»Das möchtest du, glaub mir«, sagte Shelah strahlend.

Ivan nickte und fing dann an zu zittern, als würden sich die tiefsten Teile in seinem Innern auflösen. Seine Zähne klapperten, seine Knie schlotterten, als er fragte: »Du würdest diese Quelle wirklich mit mir teilen?«

»Ich halte nichts zurück.« Der König zwinkerte Shelah zu.

»Jetzt?«, fragte sie.

»Ja, Prinzessin, jetzt. Zeig ihm die Quelle.«

Shelah biss sich auf die Lippen, um ernst bleiben zu können. Sie drehte sich um und ging direkt auf Ivan zu. Sie kam immer näher, bis sie direkt vor ihm stand. Ihr kleines Herz hämmerte wie eine Trommel. Er konnte sie aufgeregt atmen hören.

»Die Quelle. Die Quelle.«

»Ja?«

»Die Quelle ist ... genau ... hier.« Und im selben Augenblick stellte sie sich auf die Zehenspitzen und legte ihre kleine Handfläche mitten auf seinen Brustkorb.

Ivan taumelte zurück, denn irgendetwas begann in seinem Inneren zu rumoren. Shelah lachte wieder und drehte sich und hüpfte im Kreis herum. »Die Quelle, die Quelle, die macht das Leben helle«, rief sie. Und der König fing an, mit ihr zu tanzen, aber im nächsten Augenblick verschwamm alles.

In Ivans Inneren war eine Schleuse geöffnet worden. Aus der tiefsten Tiefe seines Innern, aus den Höhlen seiner Tiefe entsprang eine Flut frischen, kühlen Wassers.

»Was...« Seine Frage ging unter, als ihm das Wasser wie ein Geysir aus dem Mund schoss, aus seinen Fingerspitzen, seinen Zehen, der Brust und sogar oben aus seinem Kopf.

»Halleluja!« Und er schrie es noch einmal »Halleluja!« Dann tanzte er wie wild im Kreis herum, während das Wasser überall hin schwappte, sodass auch der König patschnass wurde, Shelah überschüttete und sogar durch das Fenster ins Haus spritzte, sodass selbst Rosa nass wurde.

»Lasst es draußen.« Rosa lachte aus vollem Herzen und kurz darauf schlossen auch sie und Vita sich der Wasserparty an. Aus allen strömte Wasser hervor und bildete ein Becken köstlicher Erfrischung auf den Steinen um die Wohnung herum. Ivan erkannte, dass der König ein Virtuose des Geistes und des Lebens war.

»Ich liebe es.« Ivan hüpfte zusammen mit Shelah auf und ab. »Ich liebe dich, König.«

Wenig später ließ der Wasserstrom ein wenig nach, sodass Ivan wieder normal reden konnte.

Die Augen des Königs strahlten vor kindlichem Staunen und vor Liebe.

»Und Ivan, dürstet dich nach mir?«

Ivan blieb stehen, tropfnass und völlig sprachlos. Die gesamte Familie hielt schweigend inne und unterstrich diesen Augenblick durch heilige Ehrfurcht.

»Dürsten? Ich... also... nein. Kein bisschen. Und ich kann mir auch nicht vorstellen, dass ich jemals wieder Durst bekomme. Wie auch, wenn die Quelle des Geistes aus meinem Inneren strömt?«

»Ja, wie auch«, entgegnete der König lachend. »Du hast einen großen Teil deines Lebens damit verbracht, die Leere in deiner Seele zu füllen.«

»Und jetzt hast du sie für mich gefüllt.«

»Also eigentlich habe ich sie schon in dem Augenblick gefüllt, als du über die Brücke nach Basileia gekommen bist, aber die Alte

Stadt hat den Segen vor dir verborgen gehalten. Mit der Quelle lebendigen Wassers in deinem Innern wirst du dich nicht mehr selbst mit irgendetwas füllen müssen. Nimm das einfach als deine neue Wirklichkeit an.«

»Wird sie immer so fließen wie jetzt, so kraftvoll und reichlich?«

»Immer«, sagte Vita und legte ihm den Arm um die Schultern.

»Aber es wird nicht immer so sichtbar oder so emotional sein«, sagte der König. »Und es wird besondere Zeiten geben, in denen ich sogar noch mehr von meinem Geist über dir ausgieße. Oder besser gesagt, du wirst mehr davon erleben.«

»Gott sei Dank ist es nicht immer ein solches Durcheinander.« Rosa war schon dabei, die nassen Steine zu fegen und das Wasser in den Rinnstein zu schieben.

»Was ist denn an Durcheinander auszusetzen? Einige meiner besten Werke sind in einem ziemlichen Durcheinander entstanden«, sagte der König.

»Das kann man wohl sagen.« Ivan seufzte. Und zum ersten Mal, seit er die Brücke überquert hatte, fühlte er sich ganz.

KAPITEL 11

Rhythmus

m Laufe der folgenden Wochen verbrachte Ivan fast den ganzen Tag – und zwar jeden Tag – mit dem König, stellte ihm Fragen, dankte ihm für das neue Leben und die Neue Stadt und schüttete ihm in Dank und Anbetung das Herz aus. Im Gegenzug beantwortete der König viele Fragen über das neue Leben und die Neue Stadt. Vita und Rosa schlossen sich ihnen oft an, zusammen mit Freunden und Nachbarn. Ivan liebte dieses tiefe Gefühl der Gemeinschaft, das sich ganz natürlich aus ihrer gemeinsamen Verbundenheit mit dem König ergab. Heute jedoch waren er und der König allein – was auch gut so war, weil Ivan ihm noch eine Frage stellen wollte.

»Nachdem du die Liste mit Regeln ans Kreuz geschlagen hast, nachdem du meine Jagd nach dir beendet hast und mein Durst gestillt ist, weiß ich gar nicht so genau, wie ich dir ganz praktisch nachfolgen soll und was ich mit mir selbst anfangen soll. In der Alten Stadt schien das alles so klar geregelt.«

»Und tot.«

»Ja, und tot. Aber was jetzt? Ich kenne nur diese vorgeschriebenen festen Abläufe.«

»Diese Abläufe werden in der Alten Stadt benutzt als Nachahmungen gesunder und natürlicher Rhythmen.«

109

»Das heißt?«

»Nun ja, jeder Tag mit mir ist anders, und das sollte auch so sein, denn wir haben jetzt eine Beziehung zueinander, eine Freundschaft, oder?«

»Ja, und das finde ich wunderbar.«

»Und was würde mit unserer Freundschaft passieren, wenn wir jeden Tag dieselben Dinge in derselben Reihenfolge zur selben Zeit, auf dieselbe Art und Weise und am selben Ort machen würden? Was, wenn wir zuließen, dass unser ganzes Leben nur noch aus geregelten Abläufen und Routinen bestände, eine Art geistliche Übung wäre, eine Erwartung? Was, wenn wir jeden Tag damit verbringen würden, das zu wiederholen, was wir am Vortag getan haben?«

Ivan dachte darüber nach. »Dann wäre nach einer Weile wahrscheinlich alles nur noch öde und eintönig.«

»Genau.« Der König nahm Ivan bei der Hand und führte ihn zu einem seltsamen Fenster, das links von ihnen in die Wand eingelassen war. »Schau mal.« Er zwinkerte genau wie Vita, oder war es umgekehrt? Wie auch immer, Ivan gehorchte. Er ging zu dem Fenster hin und schaute hindurch. Vor ihm lag ein großer Garten. Die Blumen und das Gras barsten nur so vor Leben, es war einfach prachtvoll.

»Hey, so einen Garten habe ich noch nie gesehen. Oder vielleicht besser gesagt, das Fenster hier. Waren die auch schon vorher hier?«

Der König drückte sanft seine Schulter. »Nein, das waren sie nicht, und beides wird auch morgen nicht mehr da sein, genau wie viele Augenblicke, die ich dir schenke.«

»Aber es ist wunderschön. Hier möchte ich wieder herkommen.«

»Ich weiß, dass du das möchtest. Es gibt so viele Menschen, die einen kostbaren Moment erleben und dann versuchen, ihn zu erhalten, indem sie ihn immer noch einmal wiederholen möchten und zu diesem Zweck immer und immer wieder dasselbe tun. Und, ehrlich gesagt, sind sie nicht die einzigen, die dieses Spielchen irgendwann leid sind. Ich bin da sehr viel origineller, und du musst zulassen, dass ich auch mit dir ganz einzigartig und individuell umgehe. Fenster öffnen und schließen sich wieder. Jeder Sonnenuntergang, den ich erschaffe, ist einzigartig. Kein Augenblick wird jemals wiederholt. Jeder Grashalm, jede Schneeflocke, jeder Sonnenaufgang, jeder Sturm, alles, was ich erschaffe, hat seinen ganz eigenen Zauber.«

»Und was bedeutet das für mich?«

»Wenn du dich von mir führen lässt, dann werde ich dich durch ein Leben besonderer, einzigartiger Augenblicke begleiten. Sie werden dir überwiegend zufällig vorkommen, aber das sind sie beileibe nicht. Jeder einzelne von ihnen ist Teil meines Plans. Manchmal werde ich dich auf grünen Auen weiden, dann wieder schlängelt sich der Weg an stillen Wassern entlang. Jede Tagesstrecke eröffnet einen neuen Abschnitt des Weges mit seinen ganz eigenen Herausforderungen und Segnungen, und zwar um meinet-, wie um deinetwillen. Manche Tage sind dunkel und führen uns durch Schmerz und sogar Tod, aber wir werden immer zusammen sein. Ich werde dich ständig segnen und deine Quelle sprudeln und überfließen lassen. Wo du auch bist, du hinterlässt einen glitzernden Pfad der Güte und Liebe, der wie ein Weg ist mit Hinweisen für andere, damit sie ebenfalls ein Leben mit mir beginnen können. Und durch das alles wirst du in meiner Gegenwart lebendig sein und ich in deiner.

Ivan schüttelte den Kopf. »Das ist alles so anders als das, was ich gewohnt bin. Ich habe gelernt, dass man durch Wiederholung gottgefälliger wird und dass man durch Üben Perfektion erreicht. Aber das ist wahrscheinlich eher unsere Idee als deine, oder?«

»Ja. Aber jede Begegnung, die von mir ausgeht, ist eine göttliche Begegnung. Hat es schon zwei Tage gegeben, die sich geähnelt haben, seit du in der Neuen Stadt bist?«

Ivan lachte. »Nicht annähernd.«

»Nun, das wird auch so bleiben, wenn du deinen Weg weiter mit mir gehst. Ich werde oft das Buch des Lebens aufschlagen und dir daraus vorlesen, und es wird praktisch in deinen Händen zum Leben erwachen. Dann wieder werden wir einfach nur reden, so wie jetzt. Manchmal werden wir zusammen spazieren gehen, dann wieder zusammen essen oder meinen Geschöpfen beim Spielen zuschauen. Wir werden uns nach Kakos wagen und den Menschen dort zeigen, wie wir leben, oder den Tag damit verbringen, anderen zu helfen.«

»Aber muss ich denn nicht meine geistlichen Übungen, meine geregelte Stille Zeit und das alles weitermachen, um auf dem richtigen Weg zu bleiben?«

»Auf dem richtigen Weg in Bezug auf was? Dass du das Gefühl hast, etwas geleistet zu haben? In Bezug auf die Liste mit Regeln, die ich ans Kreuz genagelt habe? Nach welchem Maßstab? Wie viel Zeit am Tag du damit verbringst, in meinem Wort zu lesen? Wie viele Verse du auswendig gelernt hast? Was die Leute über dich denken? Mach Schluss mit den hohlen Rechenarten des Stolzes. Geh einfach mit mir mit. Ich werde dich durch unterschiedliche Bereiche mit verschiedenen Schwerpunkten führen, damit dein Glaube so wächst, wie ich es für richtig und angemessen halte.«

»Es gibt also immer noch eine gewisse Art von Struktur und Ordnung?«

»Ja, sicher gibt es die, aber es wird meine Struktur sein. Es ist meine Aufgabe und meine Sache, die wichtigsten und grundlegenden Rhythmen festzulegen – Tag und Nacht, die Jahreszeiten, deinen Herzschlag, deinen Atem und deine seelische Entwicklung. Deine geistliche Entwicklung ist nicht deine Sache. Selbstdisziplin bewirkt noch längst keine Leidenschaft, sondern auch hier ist es wie auf den Kopf gestellt: Erst Leidenschaft bewirkt Selbstdisziplin.« Er legte seine Hände auf Ivans Schultern und sah ihn sehnsüchtig an. Sein königlicher Blick drückte eine Traurigkeit aus, die Ivan sehr nah ging.

»Was ist los? Habe ich dich irgendwie verletzt?«

»Ich bin real, Ivan.«

»Das weiß ich doch.«

»Dann behandle mich auch so. Lass zu, dass ich mich um deine Entwicklung und Entfaltung kümmere. Ich werde dir immer geben, was du brauchst, und zwar genau dann, wenn du es brauchst. Lebe nicht so, als würde ich gar nicht existieren oder als könnte ich dich nicht leiten. Gehe jeden Tag mit mir. Sei jeden Moment ganz und gar offen für das, was ich möchte.«

»Das kann ich«, sagte Ivan und nickte.

»Nein, das kannst du nicht. Aber das ist auch in Ordnung. Ich brauche gar keine Perfektion von dir. Und mit der Zeit wird es besser werden.«

»Dann werde ich mein Bestes geben.«

»Nein, das wirst du nicht. Jedenfalls nicht immer. Aber ich werde mit dem arbeiten, was du mir gibst. Übrigens, hat dir der Spatz gefallen?«

Ivan lächelte. »Den, der auf meinem Knie gelandet ist, meinst du?«

»Ich habe ihm gesagt, dass er dich finden soll, dass er mein Lächeln an dich weitergeben soll. Betrachte ihn als Liebesbrief von mir an dich.«

»Das habe ich gespürt. Danke.« Ivan hielt inne und versuchte, seine nächste Frage in Worte zu fassen. »Warum leben Menschen überhaupt in der Alten Stadt? Warum das Buch der Pflichten, warum all die vielen Regeln, warum die Schuldgefühle, das Nachjagen, das Hungern, Dürsten und Kämpfen? Das verstehe ich nicht.«

Zum ersten Mal, seit er dem König begegnet war, sah er, wie diesem Tränen in die Augen traten und dann seine Wange hinunter liefen. »Es gibt viele Gründe, und jeder von ihnen bricht mir das Herz. Die Leute wollen mir nicht die Kontrolle überlassen und mir ihr Leben ganz und gar anvertrauen. Sie versuchen mich zu benutzen, genau wie du es gemacht hast, weil sie selbst die Kontrolle und die Macht behalten wollen. Es gibt ihnen das Gefühl, richtig und wichtig zu sein, wenn sie Dinge auf einer Liste abhaken können, selbst wenn es die falschen Dinge auf einer falschen Liste sind. Auf diese Weise können sie ihre eigene Entwicklung und ihr Wachstum mit der Entwicklung und dem Wachstum anderer vergleichen. Sie konzentrieren sich dabei auf das, wobei sie sich gut fühlen, auf das, wodurch sie auf andere geistlicher wirken.«

»Statt darauf, was dich glücklich macht.«

»Genau. Ordnung und Strukturen scheinen sicherer, vorhersehbarer, berechenbarer, kontrollierbarer. Wenn es um Glauben geht, ziehen Basileianer pflichtbewusste Routine leidenschaftlicher Beziehung vor. Aber wie du ja selbst siehst, liegt die Kraft unserer Beziehung nicht in ihrer Struktur, sondern darin, dass sie dynamisch und im Fluss ist. Eine starre Ordnung tötet die Kraft der Überraschung ab, und die wiederum ist eines meiner Lieblingsinstrumente.«

Der König blieb plötzlich stehen und nahm Ivan am Ellenbogen. »Sieh mal.« Ivan schaute hin. Ein kleiner Junge balancierte schwankend auf einem hohen Zaun, obwohl er es noch nicht besonders gut konnte.

»Jungen sind eben Jungen.«

Plötzlich und unvermittelt verlor der Junge dann den Halt, fiel kopfüber vom Zaun und schlug mit dem Kopf auf dem Pflaster auf. Ivan stockte der Atem.

»König! Der Junge!«

Aber der König war bereits bei dem Jungen. »Komm her, Ivan.«

Ivan gehorchte. »Atmet er noch? Ich kann nicht sehen, dass er atmet.« Ivan war panisch. »Wir müssen ihm helfen.«

»Ich habe ihm schon geholfen. Komm näher.«

Wieder gehorchte Ivan.

»Leg' deine Hand auf seinen Hinterkopf.« Noch einmal gehorchte Ivan und erlitt beinahe einen Schock, als er die schwellende Masse dort ertastete.

»Sag ihm, dass er aufwachen soll.«

Ivan tat, was der König sagte. »Wach auf.« Ivan konnte kaum klar denken und Tränen der Angst traten ihm in die Augen. Er blickte zum König auf, der jedoch kein bisschen besorgt aussah. Einen Augenblick später flatterte Ivan das Herz, als die furchtbare Schwellung wegschmolz wie Butter in der Sonne. Und dann wachte der kleine Junge auf, wild um sich schlagend und nach Luft schnappend. Ivan trat völlig schockiert zurück.

Der Junge sprang auf, sauste die Straße hinunter und sah kein bisschen mitgenommen aus.

»Wie ... wie habe ich ...?«

»Du hast gar nichts getan. Das habe ich durch dich getan.«

»Aber ...«

Der König lachte. »Aber was?«

»Ich habe nicht gebetet.«

»Nein, das hast du nicht.«

»Aber muss ich denn nicht beten und fasten, damit solche Dinge geschehen können? In der Alten Stadt ...«

Der König lächelte. »Wunder geschehen nicht durch Beten, Ivan. Sie geschehen durch das Zusammenwirken mit meinem Geist auf der Welt. Glaube ist ein Dialog des Gehorsams, der ganz unterschiedlich aussehen kann. Manchmal wird er ein Gebet, manchmal wird daraus eine Umarmung, ein Essen, eine Schulter zum Ausweinen, ein Moment der Heilung oder ein furchtloses Eintreten für Gerechtigkeit. Wenn du betest, wo ich eigentlich möchte, dass du handelst, ist das Gebet nutzlos. Wenn du handelst, wo ich eigentlich möchte, dass du betest, handelst du aus eigener Kraft.«

»Aber ...«

»Kein Aber. Du kannst alles tun, wenn du auf meine Stimme hörst und tust, was ich dir sage. Das ist eine der wichtigsten Lektionen in meinem Königreich, Ivan. Und es ist auch der Grund, weshalb kein Tag mit mir wie der andere ist. Mein Geist ist wie der Wind – er weht, wo er will. Wenn du auf mich hörst, wirst du ebenfalls sein wie der Wind.«

»Aber wenn jeder Tag anders ist, wie soll ich dann dafür sorgen, dass ich all die Dinge, die ich doch tun soll, auch ausgewogen tun kann?«

»Gar nicht.« Ivan wurde in seiner Spur gebremst.

»Gar nicht?«

»Nein, und zwar aus zwei Gründen. Erstens ist es *meine* Aufgabe, für Ausgewogenheit in all dem zu sorgen. Vertraue mir. Wenn du mit mir gehst, wird dir nie etwas fehlen. Nie. Aber der zweite Grund ist, dass ich nie von dir verlangt habe, ausgewogen zu sein, jedenfalls nicht da, wo es um unsere Beziehung geht.«

»Hast du nicht?«

»Nein. Ich habe dich nur aufgefordert, leidenschaftlich zu sein. Ganz und gar mir zu gehören, mich zu lieben. Und Leidenschaft ist eine der unausgewogensten Kräfte im gesamten Universum. Deshalb liebe ich sie auch so.

Wenn man im Gefängnis der Ausgewogenheit sitzt, kann man vieles einfach nicht tun. Und was deine Stille Zeit betrifft, du brauchst nicht jeden Tag eine ausgewogene geistliche Mahlzeit von mir. So habe ich mir die Dinge nicht gedacht. Denk doch nur einmal an den Rhythmus der Natur. Die Jahreszeiten kommen und gehen. Jedes Obst und Gemüse hat seine Saison. Der Rhythmus der Erde sorgt für eine ausgewogene Ernährung im Laufe der Zeit, aber nicht für eine ausgewogene Mahlzeit pro Tag.

Wenn Ausgewogenheit und Routine zu wichtig werden, dann fängt man an, ihnen statt mir zu dienen. Wenn die Liebe nicht durch die Leidenschaft gerettet wird, verwelkt sie irgendwann unter der Schalheit der Pflicht. Und deshalb bist du auch in der Alten Stadt beinahe gestorben. Du hast dich in einem sinnentleerten Lebensstil versteckt, zu dem ich dich nie aufgefordert habe.«

»Das habe ich wirklich«, dachte Ivan und erinnerte sich dabei noch einmal an all sein Versagen. »Ich nehme an, ich habe es einfach nicht besser gewusst.«

»Jetzt weißt du es.«

Ivan nickte. Ja, das war allerdings so. Doch dann durchfuhr ihn urplötzlich ein Anflug von Heimweh, der sich anfühlte, als hätte er einen Klumpen Blei im Bauch.

»König, bitte sei nicht böse, wenn ich frage, aber werde ich nie wieder nach Hause zurück kommen?«

»Du bist schon zu Hause.«

»Nein, ich meine mein richtiges Zuhause.«

Der König lächelte und zog eine Augenbraue hoch. Er wollte etwas sagen, ließ es dann aber. Ivan ließ die Frage erst einmal auf sich beruhen. Was für ein Tag.

KAPITEL 12

Sieg

Nachdem er einige Wochen in der Neuen Stadt gelebt hatte, lernte Ivan bereits die neuen Rhythmen der Leidenschaft. Er lernte es, die Herrlichkeit des Königreiches in tiefen Zügen zu trinken. Er lernte, wie er Halt in der Gnade fand, wie er mit dem König ging und wie er auf den König hörte – obwohl sich ihre innige Nähe und Vertrautheit wie die normalste Sache der Welt anfühlte. Ihn dürstete nie wieder nach dem König. Wie auch, wo doch die Quelle des Lebens jetzt in ihm strömte?

Einmal pro Woche schloss er sich der Schar anderer Basileianer an, die im Tempel zusammenkamen, aber es war völlig anders als bei den halbherzigen Zusammenkünften der Bewohner der Alten Stadt. Das hier war eine Gemeinschaft erfüllter, gesättigter Seelen, die Ermutigung und Kameradschaft genossen, ein Feiern der Gnade und der Anwesenheit des Königs. Anbetung fühlte sich einfach wundervoll an, wenn der König dort mitten unter ihnen saß. Ivans Liebe zum König nahm mit jedem Tag zu. Er vermisste immer noch seine Familie, aber er hatte seine Wahl getroffen. Er würde dem König folgen, wohin auch immer der ihn führte.

Eines Tages traf der König Ivan zusammen mit Vita und seinen Freunden im Park an, wo sie zusammen das Buch des Lebens studierten.

»Hallo. Ich komme wegen Ivan.«

Ivan sah zu Vita hin.

»Geh nur, mein Freund. Wenn der König deinetwegen kommt, dann zögere nicht.«

Ivan stand auf und folgte dem König. In diesem Augenblick fiel ihm auf, dass er fast nie genau wusste, wohin es ging. Aber das war auch egal, denn er wusste ja, wem er folgte.

»Heute möchte ich dir einen ganz besonderen Ort zeigen, Ivan.« Das Gesicht des Königs war wieder königlich stolz. Immer wenn der König diesen Blick hatte, dann geschah kurz darauf etwas Erstaunliches.

»Und wo ist es?« Ivan lachte. »Lass mich raten. Es ist in mir, in meinem Innern.«

Der König lachte mit ihm. »Nein, nicht in deinem Innern. Aber immer bei dir. Dreh dich um.«

Ivan drehte sich um. Vor ihm erhob sich ein riesiges Gebäude mit großartigen Bögen und Gewölben. Das außergewöhnlichste Merkmal des Gebäudes war jedoch, dass es keinerlei Türen hatte und nach allen Seiten offen war. Es war anscheinend einfach aus dem Nichts aufgetaucht.

»Was ist das?«

»Meine königliche Schatzkammer.«

Ivan war sprachlos. Im Innern des Gebäudes befanden sich unzählige Haufen glitzernder Schätze. Es war ein Reichtum, der jenseits von Ivans kühnsten Phantasien lag und ihn nur noch staunen ließ. Ein Dutzend Bäume, beladen mit erstaunlichen Früchten, säumten die Außengrenze des Raumes. Noch nie hatte er solche Reichtümer gesehen. Basileianer kamen und gingen in einem stetigen Strom ein und aus. Diejenigen, die wieder gingen, trugen säckeweise Früchte und Schätze mit hinaus.

»Was tragen die da?«, fragte Ivan.

»Segnungen. Die Reichtümer an Herrlichkeit, die ich mit euch teile – umsonst. Alles, was du hier siehst, steht dir zur Verfügung. Alles, was du zum Leben brauchst, hat einen entsprechenden Segen in meinem Schatz, und es ist mir eine Freude, dir jeden einzelnen davon zu schenken.«

»Aber missbrauchen die Menschen das denn nicht? Ich meine, nehmen sie sich nicht mehr, als sie brauchen, oder stehlen anderen Menschen ihre Segnungen?«

»Wenn du Freude an mir hast, dann gestalte ich deine Wünsche und Sehnsüchte, Ivan. Und außerdem gehört keine der Segnungen, die du hier siehst, jemand anderem.«

Ivan bekam ganz große Augen. »Das ist alles nur für mich?«

»Ja, alles, aber nicht alles auf einmal. Überlass das Timing lieber mir.«

»Und ich brauche nicht mehr zu tun, als dich darum zu bitten?«

»Manchmal musst du bitten, aber nicht immer. Meistens musst du mir einfach nur vertrauen.«

»Wie meinst du das?«

»Was für ein König oder Vater wäre ich denn, wenn ich dir das, was du brauchst, nur gäbe, wenn du darum bittest? Ich teile meine Schätze nicht mit dir, weil du mich bittest, sondern weil ich dich liebe.«

»In der Alten Stadt haben sie mir gesagt, dass ich Dinge für mich in Anspruch nehmen soll. Dass ich dich immer wieder daran erinnern soll, was du verheißen hast, und dann darauf bestehen, bis ich bekomme, worum ich gebeten habe.«

Der König seufzte. »Ivan, wenn in der Alten Stadt gebetet wird, kommt es mir oft eher wie Feilschen statt Beten vor, und das tut mir mehr weh, als du dir vorstellen kannst. Vertraue mir, Ivan. Meine Schatzkammer ist nur gefüllt mit den Segnungen, die zu dem Kind passen, das sie gerade braucht.«

Darüber musste Ivan nachdenken. »Wenn also jemand von uns kommt, dann erhält er nur die jeweiligen Segnungen, die zu ihm passen?«

»Ja, es sei denn, du kommst, um etwas zum Teilen zu holen.«

»Und es ist immer da für uns alle, jeden einzelnen und für alle gleichzeitig?«

In Ivans Kopf schien sich alles zu drehen.

»Ich segne dich hier in der himmlischen Sphäre mit jedem geistlichen Segen.«

Völlig überwältigt setzte sich Ivan hin. »Bin ich denn jetzt gerade dort? In der himmlischen Sphäre?«

»Du bist an zwei Orten gleichzeitig. Ich habe dich als geistliches Wesen mit einem Körper geschaffen. Dein Körper geht über die Erde, während dein Geist Basileia durchstreift. All meine Segnungen sind hier, warten nur darauf, dass du sie findest, abholst und sie in der körperlichen Sphäre einsetzt. Ich schenke dir den Glauben als einen Fluss, auf dem die Reichtümer der einen Sphäre in die jeweils andere hinein fließen können.«

Ivans Puls raste. »Ich bin an zwei Orten gleichzeitig?«

Der König nickte und legte Ivan die Hand auf die Schulter. »Und heute werden wir Kakos einen Besuch abstatten.«

»Kann Vita mitkommen?«

»Er ist schon dort.«

Ivan spürte, wie sein Puls noch schneller wurde. »Dann müssen wir ihm helfen. Die Diabolon werden ihn bei lebendigem Leibe fressen.«

»Wir sind schon dort, Ivan.«

Er schaute sich um, wobei sein Blick zu Boden ging, zu der wirbelnden gold-bestäubten Atmosphäre und dann wieder zurück zum König. »Das verstehe ich nicht.«

»Und deshalb siehst du nicht.«

»Dann hilf mir, zu sehen, König.«

»Also gut.« Der König streckte seine Hand aus und berührte Ivans Augen. »Blicke auf.« Ivan blickte auf. Bei dem, was er da sah, verschlug es ihm den Atem. Um ihn her stand immer noch die Neue Stadt, strahlend und majestätisch – aber der Raum wurde geteilt mit dunklen Gebäuden, widerlichen, stinkenden Rauchsäulen und aufsteigenden Diabolon.

120

»Eine Invasion. Wir müssen kämpfen. Wir müssen sie zurückdrängen.« Er wandte sich dem König zu und stupste ihn an der Schulter. »Ich brauche meine Rüstung.«

»Deine Rüstung bin ich, Ivan. Ich bin die Errettung, die über deinen Geist wacht. Ich bin die Gerechtigkeit, die dein Inneres schützt. Ich bin die Wahrheit, die deine Lenden umgürtet und dein geistliches Gleichgewicht aufrecht erhält. Ich bin die Bereitschaft, die dich auf alles vorbereitet, was Kakos dir entgegenschleudern kann. Ich gebe dir die Worte in den Mund, die den Feind in Stücke reißen können. Wenn du das alles glaubst, dann wird es zu deinem Schutzschild gegen alles, was dir der Feind auch anzutun versucht. Glaubst du das?«

Das Feuer in den Augen des Königs war genug für Ivan. »Absolut. Ich glaube es von ganzem Herzen.«

»Dann trägst du bereits eine Rüstung, die eines Königs würdig ist.« Und so war es auch. Ivan war plötzlich mit einer Rüstung ausgestattet, die so prachtvoll war, dass es ihn verlegen machte, sie überhaupt zu tragen. »Noch ein wunderbares Geschenk.« Er verneigte sich vor dem König.

»Und was die Diabolon angeht, sie dringen nirgends ein. Das hier ist ihr Zuhause, für jetzt jedenfalls.«

»Nein, das kann nicht sein. Das hier ist doch Basileia.« Ivan wurde immer nervöser wegen der kreisenden Ungeheuer, die jetzt laut brüllten und mit ihren Reptilienflügeln durch die Straßen der Stadt schwärmten.

»Ja, es ist Basileia. Aber meine Stadt, sogar meine Neue Stadt, ist mitten in Kakos gegründet.«

»Und was ist mit der Brücke und mit dem Kreuz?«

»Die sind auch real, Ivan. Mein Opfer ist die Brücke, die ein Mensch zwischen den Städten überqueren muss. Aber Kakos und Basileia sind auch geistliche Städte, die einander in der physischen Welt überlagern. Ich werde dir später noch mehr davon zeigen. Fürs Erste will ich dir aber zeigen, wie ich mit diesen Feinden umgehe.«

»Wenn du willst, kämpfe ich gegen sie«, sagte Ivan, vor Angst zitternd, aber von Loyalität zum König entflammt. Doch der König war verschwunden und nirgends mehr zu sehen. Genau so plötzlich landete einer der kreisenden Diabolon mit einem dumpfen Aufprall vor ihm auf dem Kopfsteinpflaster. Voller Angst griff Ivan nach seinem Schwert.

»Ich kenne dich«, sagte das Ungeheuer. »Ich habe dich von der Stadtmauer in der Alten Stadt geworfen und dich dann liegen gelassen, weil ich dich für tot gehalten habe, oder? Du unfähiger, feiger Jammerlappen. Du wirst dir noch wünschen, dass ich dich damals umgebracht hätte.« Das Knurren des muskelbepackten Ungeheuers kam tief aus seinem Schlund und seine elfenbeinfarbene Mähne vibrierte vor Wut. Widerlicher Speichel tropfte ihm zwischen den Kiefern aus dem Maul.

»Mein König.« Panik stieg in Ivan auf. »Bitte komm zurück und hilf mir.«

Wie aus dem Nichts war der König wieder da. Er ignorierte die Diabolon völlig. »Ich war gar nicht weg.«

»Aber ich konnte dich nicht sehen.« Ivan zitterte vor Angst.

»So wie jetzt, meinst du?« Wieder verschwand der König. »Siehst du? Du kannst mich immer noch hören, und zwar, weil ich direkt hier bei dir bin. Und jetzt tu, was ich sage.«

Während der König sprach, senkte der Diabolos den Kopf, trat vor und riss das Maul so weit auf, wie Ivan es niemals für möglich gehalten hätte. »Ich werde dich verschlingen, Bewohner der Alten Stadt, du ungläubiger, dummer Versager!«

Es stimmte. Er war wirklich ein Versager. Genau so, wie der Ritter, der in der Alten Stadt direkt neben ihm getötet worden war. Aber er wollte nicht sterben. Ivans Arme fühlten sich völlig nutzlos an, und das Schwert in seinen Händen war schwer wie ein Amboss. Ohne Hilfe würde er mit Sicherheit sterben. »Mein Herr und König, ich bitte dich. Zeige mir, wie ich kämpfen soll.«

»Du brauchst nicht zu kämpfen.«

Diese Worte waren jetzt in seinem Kopf, hallten machtvoll in seiner Seele wider. Sie waren genau so eindeutig und klar wie in dem Augenblick, als der König direkt neben ihm gestanden hatte.

Ja, sie hörten sich genau so an, wie sie von der Stimme ausgesprochen worden waren.

»Ich bin direkt neben dir.« Der König las also seine Gedanken. »Erinnerst du dich? Ich habe die Kreatur da vor dir besiegt und ich bin in dir.«

»Das bedeutet ja, dass ich den Diabolos auch besiegt habe«, sagte Ivan laut, und dachte damit den Gedanken des Königs zu Ende. In dem Augenblick erstarrte das Ungeheuer und Angst zerfurchte sein wildes Gesicht. Dann trat er einen Schritt vor und heulte wie ein rotglühender Kessel.

»Ich habe nichts zu befürchten.« Ivan atmete Zuversicht ein von seinem unsichtbaren König. Das Ungeheuer kam noch einen Schritt näher und sein wildes Gesicht war nur noch Zentimeter von dem Ivans entfernt. Er konnte den stinkenden Atem des Untieres riechen, als es sein Maul erneut weit aufriss und eine Schar messerspitzer Zähne zeigte. Es zitterte vor Blutrünstigkeit.

»Sprich einfach meinen Namen aus«, sagte der König in Ivans Gedanken hinein. »Lege das Gesetz nieder, Ivan.« Bei diesen Worten schwollen Mut und gerechter Zorn in Ivan an, als wäre er an einen machtvollen elektrischen Strom angeschlossen worden.

»Ich bin ein Diener des Königs der Könige.« Ivans Brust schwoll vor Kraft.

»Es ist gar nicht nötig, dass du deine Stimme erhebst.«

»Tut mir leid.« Ivan sah dem Diabolos direkt in die Augen. »Im Namen des Königs, geh weg.«

»Ich bin ein Wesen mit einem freien Willen, genau wie du. Wenn ich nicht will, brauche ich deinen Befehl nicht zu befolgen.« Wieder schnaubte das Tier, aber Ivan merkte, dass sein Zorn unter einer wachsenden Angst schmolz.

»Mach das mit dem König aus.«

Der Diabolos blinzelte überrascht von Ivans Unerschrockenheit und wich einen halben Schritt zurück. »Du bist ein Dummkopf ohne Rückgrat, ein Nichts.« Die Worte waren hohl, und das wusste Ivan auch. Und was noch wichtiger war, das Ungeheuer wusste, dass er es wusste.

»Sei still.« Das Maul des Löwen schnappte zu, als wäre es bei einem unsichtbaren Laster ertappt worden. »Entweder verschwindest du jetzt oder du stellst dich dem Urteil des Königs.« Die Kreatur kroch rückwärts und krallte sich dabei in den Boden, als rutsche es auf Eis. Ivan beobachtete ungläubig, wie der gewaltige Kopf des Diabolos vom Mühlstein der Unterwerfung in die Treue zum Herrscher gezogen wurde. Es schlug mit seinen Reptilienflügeln und schoss aufwärts in die Luft. Einen Augenblick später war es weg.

»Wie habe ich ... haben wir ... das gemacht?« Ivans Herz raste. Er hielt wieder Ausschau nach dem König – die Macht der Gewohnheit.

»Vollmacht geht in Basileia über Macht.« Der König war zwar nicht zu sehen, aber offensichtlich immer noch da. »Obwohl sie größer sind als du und furchterregend stark, sind sie unter meinem Sieg wie Spreu im Wind. Sie werden dich immer wieder in Versuchung führen, dich auf solche Machtproben einzulassen. Wenn du dieser Versuchung erliegst, dann kannst du nicht gewinnen. Wenn du dich aber in meiner Vollmacht dieser Falle verweigerst, dann kannst du gar nicht verlieren. Und du siehst sie immer noch so, wie sie gesehen werden wollen.« Ivan spürte, wie sich die unsichtbaren Hände des Königs auf seinen Kopf legten und dabei ein Vibrieren seine Kopfhaut überzog.

»In der Alten Stadt denken die Leute, dass ich mit Pythus und seinen Diabolon Krieg führe. Aber ich habe die Finsteren bereits besiegt. Mein Krieg ist vorbei, sonst hätte ich gar keine Vollmacht über sie.«

»Aber es ist doch ein Krieg. Ich habe es doch mit eigenen Augen gesehen.«

»Natürlich ist es ein Krieg. Mit dir. Krieg ist ein Kräftemessen, und mit mir gibt es diesen Wettstreit nicht. Weil Pythus das weiß, richtet er seine gesamte Wut gegen diejenigen, die ich liebe, auch auf dich. Er will meine Kinder unbedingt besiegen, um mich dafür zu kränken, dass ich ihn im Kampf um die Brücke gedemütigt habe.«

»Du hast gesagt, dass ich nicht gegen ihn kämpfen muss, aber in der Alten Stadt habe ich gesehen, wie Leute in der Schlacht schwer verletzt und sogar getötet worden sind.«

»Natürlich. Erinnere dich doch nur daran, wie das Buch des Lebens für dich das wird, wofür du es hältst. Wenn du die Diabolon wie Feinde behandelst, die bekämpft werden müssen, dann werden sie sich nur zu gern danach richten, und du wirst viele Wunden erleiden und Verluste davontragen. Wenn du aber mit ihnen umgehst wie mit besiegten Feinden, die sie ja in Wirklichkeit sind, dann müssen sie sich deiner Autorität unterwerfen. Meiner Autorität.«

Plötzlich erschien der König wieder. In der Hand hielt er eine dicke Eisenkette, an deren Ende ein ausgezehrter alter Löwe mit zerfetzten Flügeln hockte. War das ein Diabolos? Der König griff nach einer der Klauen des Monsters, an denen keine Krallen mehr waren. Als nächstes drückte er dem Untier das Maul auf, was es widerstandslos über sich ergehen ließ, und zu Ivans Überraschung hatte es auch keine Zähne mehr. »Ich habe deinen Feind entwaffnet«, erklärte der König. Die Kreatur hatte offensichtlich sowohl vor Ivan als auch vor dem König Angst und hätte wohl die Flucht ergriffen, wenn sie nicht von der stabilen Kette des Königs festgehalten worden wäre.

»Dann war das, was ich vorhin gesehen habe, eine Täuschung, eine Illusion?«

Wieder verschwand der König, zusammen mit dem Diabolos. »Die finsteren Mächte sind entwaffnet, aber sie haben immer noch erhebliche Macht, zu täuschen und einzuschüchtern. Wie du ja selbst erlebt hast, können sie immer noch ordentlich laut brüllen. Wenn du der Angst nachgibst, dann wirst du durch die Angst umkommen.«

Ivan nickte und legte dann den Kopf zur Seite. »Oh, mein Schwert.« Ivan suchte den Boden nach seiner Waffe ab. »Ich muss es fallen lassen haben.«

»Du hast es nicht fallen lassen.«

»Aber wo ist es denn dann geblieben?«

Der König gluckste leise und Ivans Zunge kribbelte. »Ich habe es in deinen Mund gelegt.«

KAPITEL 13

Veränderung

W ach auf, Ivan.«
Ivan regte sich und rechnete schon damit, Shelah auf seiner Bettkante sitzen zu sehen, die darauf wartete, dass er wach wurde, oder seine eigene Tochter. Als er in der pechschwarzen Dunkelheit herum tastete, stellte Ivan fest, dass er sich immer noch in Vitas Häuschen befand. Ein Teil von ihm war darüber erleichtert, denn seine Freunde waren inzwischen wie eine Familie für ihn geworden. Aber ein Teil von ihm war auch enttäuscht. Einen Moment lang hatte er nämlich gedacht, er wäre wieder nach Hause überführt worden. In dem Augenblick spülte Traurigkeit wie eine Welle über ihn hinweg, aber er wappnete sich dagegen. Diesen Traum hatte er an den König abgegeben.

Langsam gewöhnten sich Ivans Augen an das dämmrige Licht. Außer ihm war niemand im Raum. Jedenfalls konnte er niemanden sehen. Aber der König war da. »Ich bin wach. Was ist los?«

»Komm mit mir.«

»Klar, ich ziehe mich nur noch schnell an.«

Ivan schlüpfte aus dem Bett und schlurfte bleischweren Schrittes zu seinen Kleidern. Seine Zehen begannen zu kribbeln und im nächsten Moment verlor er den Kontakt zum Boden und Freude durchfuhr ihn.

Ivan flog – und zwar einmal im Kreis herum und dann zum Fenster hinaus, ganz und gar im Einklang und Frieden mit der golden glitzernden Luft. Er wurde zum König hin gezogen. Dem Ziehen nachgebend, stieg er höher und höher auf, stieg weiter, bis er wie ein schöner Stern hundert Meter über der Stadt hing. Eine sanfte Brise kitzelte seine Haut, aber ihm war seltsam warm. Die Schwerelosigkeit seines Körpers fühlte sich wunderbar an, ganz ähnlich, wie sich in den vergangenen paar Wochen auch seine Seele angefühlt hatte. Von der Stelle aus, wo er schwebte, konnte er die ganze Stadt sehen – Golgatha, die Schatzkammer, die schimmernden Straßen, den Tempel, das Haus seiner Freunde unter sich, ein wahrlich zauberhafter Augenblick.

»Es war immer mein großer Traum, fliegen zu können.«

»Ich liebe dich auch.«

Irgendetwas fühlte sich merkwürdig an. »Das hier ist ein Traum, nicht wahr?«

Der König nickte.

»Ach, wie schade.«

»Aber es ist ein wahrer Traum. Von meinem Herzen zu deinem.«

»Danke.« Ivan seufzte. War seit den alptraumhaften Schrecken am Rande des Todes wirklich erst ein Monat vergangen?

»Morgen ist es ein Monat. Gefällt dir die Neue Stadt?«

»Ich liebe sie. Dafür bin ich geschaffen.«

»Ja, aber …«

»Ich vermisse immer noch meine Familie. Meine Frau, meine Tochter, mein Zuhause, meinen Garten, meine Gemeinde, ja, sogar mein Auto.« Er zuckte mit den Achseln. »Tut mir leid. Ich werde deinen Willen für mich annehmen.«

»Es tut dir leid? Aber wieso denn, um alles in der Welt? Du solltest das alles doch vermissen, außer vielleicht dem Auto.« Der König lachte, wurde aber dann sofort wieder ernst. »Ivan, morgen wird sich alles ändern.«

»Ändern?«

»Ja. Und du musst mir vertrauen. In mancherlei Hinsicht wird dir alles anders vorkommen, aber in Wirklichkeit wird gar nichts anders sein.«

»Aber was…«

»Wach auf, Ivan.«

Als Ivan in Panik aufschreckte, fand er Shelah an seinem Bett vor. Er schüttelte den Kopf, um die Spinnweben abzuschütteln die ihm noch im Hirn hingen. Als er in ihr wie immer strahlendes Gesicht schaute, beschloss er, ihr von seinem Traum zu erzählen.

»Ich bin geflogen.«

»Mein Traum war, dass ich durch ein Feld mit blühendem Klee und Wiesenblumen geritten bin.«

»*Dein* Traum?«

»Der, den der König mir geschenkt hat, bevor sich alles, aber nichts geändert hat.«

»Du… du hattest auch einen?«

»Jap, vor langer Zeit. Aber der König hat mich gebeten, dich zu wecken. Komm.« Er nahm ihre Hand und stand auf. Shelah führte ihn durch das Haus an Rosa und Vita vorbei – die elterlich beunruhigt, aber nicht übertrieben besorgt aussahen. Er fragte sich, was hier eigentlich los war, bis sie die quietschende Tür aufstieß. Er schnappte nach Luft, denn die glitzernde Luft war nicht mehr da. Das sich kräuselnde Straßenpflaster war verschwunden. Das Strahlen der Stadt war verblasst. Ivan fühlte sich, als hätte er einen Finger in die Steckdose gesteckt, und auch sein Brustkorb fühlte sich ebenfalls anders an. In seinem Kopf summte es, so geschockt war er. Die Quelle war weg. Die Diabolon waren weg und auch die Dunkelheit von Kakos war nicht mehr da. Alles um ihn her sah ganz normal und gewöhnlich aus. Sein Magen zog sich gnadenlos zu einem Knoten zusammen.

»Ivan.« Vita und Rosa waren zu ihm ins Freie getreten.

Ihm wurde die Kehle eng, weil ein Schluchzen darin saß, das zu groß war, als dass es heraus konnte. »Ich kann nicht. Ich kann nicht wieder zurück. Ich hasse die Alte Stadt. Ich kann nicht ohne den König leben. Ich kann einfach nicht.«

»Das musst du doch auch gar nicht«, sagte Vita und umarmte ihn. »Hab keine Angst.«

»Keine Angst haben? Wie könnt ihr das sagen? In den vergangenen paar Wochen habe ich alles bekommen, wonach sich meine Seele immer gesehnt hat, und jetzt ist es weg. Das ist nicht fair. Wieso dürft ihr all diesen Segen behalten?«

»Das tun wir gar nicht, mein Lieber«, sagte Rosa. »Das kann keiner von uns.«

»Was?«

»Das stimmt.« Ivan konnte in Vitas Blick wie immer nichts anderes entdecken als Grundehrlichkeit.

Sein Mut sank wie ein Stein.

»Dann war das alles also gar nicht real?«

»Oh doch, es war real. Wir alle haben die ersten paar Wochen der Offenbarung so erlebt wie du. Aber es kommt immer der Tag, da müssen wir dann im Glauben gehen und nicht im Sehen.«

»Du meinst, dass keiner von uns all das gesehen und gehört hat, was ich in den vergangenen paar Wochen erlebt habe?« Ungläubig rieb er sich die Augen.

»Nicht mit unseren physischen Augen und Ohren«, erklärte Rosa. »Aber innerlich, in unserem Herzen haben wir es alle erlebt.«

Das verstand Ivan nicht. Wie war das möglich? Sie waren so barmherzig, ihn diesen schweren Moment erst einmal ein wenig verdauen zu lassen. Es war, als wäre eine Bombe auf seinen Glauben gefallen.

»Es ist immer noch da, Ivan.«

Ivan blieb die Luft weg. Das war die Stimme des Königs. Hörbar, volltönend und real. »Was passiert hier eigentlich mit mir, König? Was ist los?«

»Ich bringe dich Schritt für Schritt nach Hause.« Dieses Mal war die Stimme in seinem Kopf.

»Nach Hause? Ich dachte, ich gehe nicht wieder nach Hause zurück.«

»Das habe ich nie gesagt. Ich wollte nur, dass du erst hier wirklich ganz zu Hause bist, bevor ich dich wieder zurück lasse. Jetzt kannst du die Realität in Basileia mit in dein altes Leben hinein nehmen.«

»Mein altes Leben? In der Alten Stadt?«

»Nein, dein altes Leben mit deiner Familie, deinem Job, deinem Garten ... und deinem Auto. Du erinnerst dich doch an dein Auto, oder?«

Jetzt begann Basileia selbst vor seinen Augen zu verblassen. Ivan verspürte eine Woge tiefer Traurigkeit und gleichzeitig eine bebende kindliche Vorfreude und Aufregung. Er wollte beim König bleiben und in Basileia leben. Die Wahrheit war, er war sich gar nicht sicher, dass er sich in der irdischen Sphäre jetzt würde zu Hause fühlen können. Aber der Gedanke, Monica und Sarah wiederzusehen, war so schön, dass es weh tat. Der Knoten in seinem Bauch begann sich langsam zu lockern.

Einen Augenblick später stand er wie ein Fremder in seiner alten Wohngegend. Die modernen Dächer nahmen langsam Form an. Die mittelalterliche Stadt war nirgends mehr zu sehen. In nur wenigen Augenblicken war sie seinem Haus und seinem Auto auf der Auffahrt gewichen.

Als er sich weiter umschaute, hüpfte sein Herz wie ein Stein auf der glatten Wasseroberfläche eines stillen Teiches.

Vita, Rosa und Shelah standen vier Häuser weiter mit vor der Brust verschränkten Armen auf der Veranda und grinsten übers ganze Gesicht, als hätten sie auf diesen Moment nur gewartet.

»Was? Das ist doch nicht möglich!«

»Wir sind doch hier, oder?«

Ivan stürmte wie ein junger Bulle durch alle vier Vorgärten, sprang über Beete, stieß dabei gegen mehrere geparkte Autos und blieb erst stehen, als er seine neuen Freunde beinahe umrannte und sie alle in einer riesigen Umarmung einschloss.

»Was macht ihr denn hier? Und eure Kleider. Meine Güte, ihr seid keine Bauern mehr.«

»Wir leben hier, du Dummchen.« Shelah stupste ihn in die Rippen und kicherte.

»Was?«

Vita und Rosa strahlten. »Wir sind die Nachbarn, die du nie so recht kennenlernen wolltest«, sagte Rose in gespielter Schelte.

»Ihr seid als Familie meistens für euch geblieben«, erklärte Vita. »Ich habe dich neulich wie einen Embryo zusammengerollt auf deiner Verandatreppe gefunden. Seitdem bist du bei uns.«

Er dachte darüber nach, aber es ergab keinen Sinn. »Aber wohnt ihr hier? Ich dachte, ihr lebt in Basileia.«

»Das tun wir auch immer noch, Ivan. Erinnerst du dich nicht, was der König gesagt hat?«

»Ich habe gesagt, dass mein Königreich und eure Welt sich über-lagern.« Das war wieder die Stimme des Königs, die in ihm ertönte.

»Du meinst also…«

»Er meint, dass die Neue Stadt, die Gnade, die glitzernde Atmo-sphäre dort, die Quelle, das Kreuz, die Schatzkammer, dass all das genau hier ist und darauf wartet, dass du es in dieser Welt annimmst und dich darauf einlässt. Dein Glaube an den König bringt all das hierher zu dir nach Hause.«

Zu Hause. Das Wort bedeutete jetzt so viel mehr als noch vor einem Monat.

»Die Diabolon und Kakos und die Schlucht und die Brücke sind auch hier.« Shelah nickte nachdrücklich und offensichtlich gefiel ihr diese schlichte Form von Weisheit.

»Mein Vater und ich hören nicht damit auf, die Realität von Basi-leia auf der Erde sichtbar zu machen und sie zu leben«, sagte der König. »In Basileia sind meine Wünsche immer Realität, aber auf der Erde stehen sie im Widerstreit mit dem Willen von Millionen anderer. In den herrlichen Augenblicken, wenn meine Sehnsüchte erwünscht und willkommen sind, von Basileia zur Erde durch den Glauben deines Herzens, geschehen Wunder. Tote werden wieder lebendig, Lahme werden geheilt und können wieder gehen, Leben wird verändert, Gefangene werden befreit. Basileia wird aufgebaut. Mein Königreich ergießt sich in diese Sphäre.«

In Ivans Kopf drehte sich alles. »Ich glaube, ich brauche mehr Glauben.«

»Nein, das brauchst du nicht«, sagte Shelah und korrigierte ihn.

»Sie hat Recht. Ich brauche nicht mehr von dir als einen Glauben, so klein wie ein Senfkorn«, sagte der König.

Ivan schnappte nach Luft. Ja, es stimmte wirklich. Plötzlich konnte er es fühlen. Aber eigentlich auch wieder nicht fühlen ... es ging tiefer als das. Es war eine tiefe Gewissheit im Grunde und im Kern seines Seins. Jede Lektion, die er gelernt hatte, jeder Augenblick des gesamten Abenteuers – sogar in der Neuen Stadt – hatte ihn auf dieses ganz normale Leben hier auf der Erde vorbereitet. Beinahe hätte er gesagt »in der wirklichen Welt«, aber ihm wurde klar, dass auch Basileia die wirkliche Welt war. Er hätte fast »zu Hause« gesagt, aber auch Basileia war sein Zuhause geworden – so normal und real wie der bröckelnde Zement auf seiner Hausauffahrt. Beides war sowohl real als auch sein Zuhause. Das Sprichwort stimmte wirklich: Zuhause ist wirklich da, wo das Herz ist; und sein Herz war an beiden Orten. Das war die Lektion, die er gelernt hatte.

Der nächste Morgen hätte ihn beinahe umgehauen. Ganz einfach schloss sein Verstand zu seinem Glauben auf, und alles kam zu ihm zurück – vor seinem inneren Auge. Er konnte die Quelle in sich spüren. Er wusste, dass der König da war. Er hörte die Stimme in seinem Innern. Er sah die glitzernde, herrliche Atmosphäre des Königreiches. Er spürte die Gnade unter seinen Füßen und den Reichtum der Schatzkammer des Königs. Es war alles da, alles real, die ganze Zeit. Mit den Augen konnte er es nicht sehen, aber er wusste es ganz einfach. Und dieses Wissen war sehr viel machtvoller als jedes Gefühl. Stärker als alles andere auf der Welt.

Vita legte seine Hand auf Ivans Schulter. »Manchmal schlägt der König den Schleier zurück und gewährt uns einen kurzen Blick auf die Neue Stadt. Aber meistens hilft er uns einfach, uns an die Wahrheit zu erinnern und sie zu leben. Das Schwierige daran ist, mit einem Bein in jeder der beiden Sphären zu stehen. Das bedeutet, ständig mit der Spannung leben zu müssen zwischen dem, was wir im Glauben und dem, was wir mit unseren Augen sehen.«

»Und dabei nicht den Mut zu verlieren«, sagte Rosa und ergänzte damit seinen Gedanken.

»Jap. Und eines Tages werden wir für immer in Basileia leben.«
Shelas Augen funkelten mit denen ihres Vaters um die Wette.

»Aus Glauben wird dann Sehen werden«, sagte der König. »Ich kann den Tag kaum erwarten. Ich bereite in meiner Neuen Stadt schon einen Platz für dich vor.«

Ivan nickte und rieb sich die Augen, so als versuchte er, wach zu werden. »Weißt du, ich glaube, ich komme schon zurecht.« Er hätte wohl einfach weitergeplappert, aber sein Tagtraum wurde dadurch unterbrochen, dass ein silberfarbener Kleinbus die Straße entlang gefahren kam. *Hup. Hup.* Es waren Monica und Sarah.

Und dann war alles wieder da. Die Mädels waren das Wochenende über weg gewesen, damit er einmal Zeit für sich selbst hatte. Das Wochenende? Sein ganzes Abenteuer hatte also nur ein paar wenige Tage gedauert?

»Zeit ist mein Spielzeug«, sagte der König.

Ivan lachte. »Ist für mich absolut in Ordnung.« Er schaute zu dem Wagen hin, der auf die Auffahrt bog. »Darf ich?«

»Aber sicher. Worauf wartest du noch?«

Ivan machte einen Satz zum Auto hinüber und riss beinahe die Schiebetür aus der Verankerung, als er sie aufzog. »Monica, Liebling, ich habe den König kennengelernt. Wirklich. Ich war in Basileia und habe dort gelebt, und jetzt bin ich wieder zurück und ... also ich kann dir vielleicht Geschichten erzählen.«

Monika sah ihn nur völlig verständnislos an. »Basileia?«

»Das Königreich Gottes.«

»Und du ... du ... bist da gewesen?«

Ivan nickte, stiller jetzt wegen der Bedeutsamkeit des Augenblicks. »Ich bin auch jetzt immer noch da. Ja, wir sind sogar alle drei dort.« Er wusste, wie verrückt das alles klang, aber es war ihm egal. Es war die Wahrheit. Seine neue Wirklichkeit.

»Direkt hier auf der Auffahrt?«

»Hmmm. Ist das nicht toll?« Er stampfte vor Begeisterung mit dem Fuß auf.

Monica warf den Kopf zurück, sodass sie geradewegs in den Himmel schaute, und fing an zu lachen. Sarah beugte sich vor und versuchte, sich aus ihrem Kindersitz zu schlängeln.

»Was ist denn so lustig, Mama? Papa, warum lacht Mama dich denn aus?«

Fürs Erste beachteten die beiden ihre Kleine gar nicht.

»Wirklich, Ivan? Basileia?«

Ivan nickte.

Tränen traten ihr in die Augen und liefen ihre Wangen hinunter, Tränen der Freude.

Sie legte ihre Stirn aufs Lenkrad und flüsterte ein Gebet, das aus tiefstem Herzen kam.

»Danke, König. Ich danke dir.«

Epilog

E s ist Zeit, den Vorhang vor Basileia fallen zu lassen und den freudigen Ivan (mich) zurückzulassen, der jetzt erst einmal, noch auf der Auffahrt vor dem Haus, seine Familie in die Arme schließt.

Was fangen Sie nun mit all dem an? Vielleicht klingt in Ihnen noch das Bild des Königreiches nach, das ich gezeichnet habe. Vielleicht leben Sie ja schon ein solches Leben. Vielleicht aber auch nicht. Vielleicht ringen Sie immer noch mit den unterschiedlichen Vorstellungen. Aber wie auch immer, ich bin ziemlich sicher, dass ich Sie zum Nachdenken gebracht habe, und das ist schön.

Ich persönlich bin fertig damit, in der Alten Stadt zu leben – mit all dem Seelentöten, Streben, Suchen, Dürsten und Kämpfen – gottlob. Ich bin absolut davon überzeugt, dass König Jesus mir durch seinen Tod und seine Auferstehung eine neue Lebensweise eröffnet hat. Ich erlebe diesen dynamischen Lebensstil in zunehmendem Maße – es ist ein Weg, der gekennzeichnet ist von Liebe, Vertrauen, Freude und Vollmacht. Ich lerne, mit einem Fuß auf dieser Welt und dem anderen im erstaunlichen Königreich Christi – meinem wahren Vaterland –, der Sphäre der Ewigkeit zu leben, die nur eben außerhalb des Schleiers meiner Sinne liegt. Wie Sie dem wahrscheinlich entnehmen, werde ich nie wieder zurück gehen. Ich hoffe, dass Sie sich dazu gesellen, wenn Sie es nicht schon getan haben.

Unsere Sichtweise bestimmt unsere Erfahrungen. Deshalb habe ich auch ganz bewusst auf die Art und Weise abgezielt, wie Sie Ihren Glauben sehen, mute Ihnen das Wagnis zu, mit der lebendigen Collage von Bildern, Gedanken und Gefühlen dieses Gleichnisses zu ringen. Ich hoffe, ich habe damit etwas ausgelöst, etwas angestupst. Ich bete, dass Sie eine persönliche Offenbarung erleben – eine Offenbarung Christi, die Ihr bisheriges Leben auf den Kopf stellt.

Wie schon gesagt, war dieses Manuskript seit acht Jahren in Arbeit. Meine Ideen sind ein fortdauernder Prozess, aber ein Freund hat es einmal mit einem Gemälde verglichen, als er sagte: »Irgendwann muss man einfach den eigenen Namen darunter setzen und das Werk für vollendet erklären.« Da gebe ich ihm Recht. Meine Aufgabe ist getan. Aber es ist auch so, dass ich den sprichwörtlichen Ball erst gerade ins Feld geworfen habe. Jetzt sind Sie an der Reihe. Sie müssen sich jetzt selbst in die Geschichte mit hinein schreiben und sie im wahren Leben zu Ende bringen.

Ich nehme an, dass zumindest einige von Ihnen gute Fragen stellen: »Was ist mit Engeln? Wie passen die geregelten Abläufen von Familie oder Schule mit all dem zusammen? Was ist mit ... (bitte selbst ausfüllen)?« Und das verstehe ich. Mir ist völlig klar, dass ich nicht die ganze Geschichte erzählt habe oder ein abgerundetes Manifest des Lebens als Christ. Es ist letztlich ein Gleichnis und Gleichnisse haben nicht das Ziel, alles haarklein auf den Punkt zu bringen. Wir versuchen, »vom alten Weg des geschriebenen Gesetzes wegzukommen«, erinnern Sie sich? Mein Rat ist, das Buch *Die Stimme des Königs* sein zu lassen, was es ist. Es ist nur ein Gleichnis, richtig?

Oder?

Erinnern Sie sich an den zahnlosen Begrüßer am Stadttor? Seine Frage gilt immer noch.

»Alte Stadt oder Neue Stadt?«

Brad Huebert

Fragen zur Vertiefung
und für das Gespräch

Kapitel 1: *Basileia*

Epheser 2,1–6; Kolosser 1,13+14; Hebräer 12,18–24

1. Wie haben Sie auf dieses Kapitel reagiert? Was war besonders herausragend und warum?
2. Welche Parallelen können Sie zwischen den Bibelversen und den Symbolen in der Geschichte sehen?
3. Wie würde unser Leben aussehen, wenn wir all das, was die Bibel als unsichtbar für unsere Augen bezeichnet, sichtbar verköpert sehen könnten?
4. Inwieweit hilft es Ihnen, die Wahrheit, die hier in gleichnishafter Form illustriert wird, zu verstehen?

Verbringen Sie einige Zeit mit Gott, in der Sie ihn bitten, Ihnen die Augen dafür zu öffnen, wie es wirklich um Ihre Beziehung zu ihm bestellt ist.

Kapitel 2: *Das Buch der Pflichten*

Josua 1,8; Matthäus 23,1–7

1. Wie haben Sie auf dieses Kapitel reagiert? Was war besonders herausragend und warum?
2. Welche Parallelen können Sie zwischen den Bibelversen und den Symbolen in der Geschichte sehen?
3. Haben Sie jemals den religiösen Druck verspürt, eine fromme Korrektheit an den Tag zu legen? Erklären Sie, warum.
4. Beschreiben Sie, wie der Versuch, nach der Liste mit Regeln zu leben, manchmal dazu führt, dass man mürbe wird.
5. Haben Sie sich schon einmal versucht gefühlt, eine Maske wie die Marktfrau zu tragen? Erklären Sie, warum.

Reden Sie mit Gott über Ihre heutigen Entdeckungen über sich selbst und Ihre christlichen Erfahrungen.

Kapitel 3: *Nachjagen*

Psalm 84, Hoheslied 5,6; Jeremia 29,11–14; Psalm 105,4

1. Wie haben Sie auf dieses Kapitel reagiert? Was war besonders herausragend und warum?

2. Welche Parallelen können Sie zwischen den Bibelversen und den Symbolen in der Geschichte sehen?

3. Würden Sie sich als einen Gottsucher beschreiben? Erläutern Sie.

4. Gibt es mehr, was Sie tun könnten, um Gott zu suchen? Inwieweit?

5. Seien Sie ehrlich: Welche Frucht hat das Suchen, die Sehnsucht nach Gott für Sie hervorgebracht?

Reden Sie mit Gott über das Nachjagen und die Sehnsucht.

Kapitel 4: *Die Quelle*

Psalm 42; Psalm 84,1–2

1. Wie haben Sie auf dieses Kapitel reagiert? Was war besonders herausragend und warum?

2. Welche Parallelen können Sie zwischen den Bibelversen und den Symbolen in der Geschichte sehen?

3. Sind Sie sich eines geistlichen Hungers und Durstes nach Gott in Ihnen bewusst? Inwieweit?

4. Ist das Durstigsein nach Gott ein Quell der Ermutigung oder Entmutigung in Ihrem Leben gewesen? Erläutern Sie.

5. Was denken Sie: Wäre ein größeres Verlangen, eine vermehrte Sehnsucht nach Gott eine Hilfe, ihm näher zu kommen? Erläutern Sie.

Reden Sie mit Gott über das, was Sie über sich selbst gelernt haben.

Kapitel 5: *Die Schlacht*

Epheser 6,10–18; 1. Petrus 5,8+9

1. Wie haben Sie auf dieses Kapitel reagiert? Was war besonders herausragend und warum?

2. Welche Parallelen können Sie zwischen den Bibelversen und den Symbolen in der Geschichte sehen?

3. Haben Sie jemals eine deutliche Begegnung mit der dämonischen Welt erlebt? Erklären Sie.

4. Macht Ihnen das gesamte Konzept des geistlichen Kampfes und das Bekämpfen von unsichtbaren Dämonen und Mächten Angst? Warum? Warum nicht?

5. Wie könnte der Feind Sie in letzter Zeit unterdrückt oder attackiert haben?

6. Wie gehen Sie mit dieser Unterdrückung und Anfeindung um?

Sprechen Sie mit Gott über diese Konzepte des geistlichen Kampfes.

Kapitel 6 und 7: *Absturz* und *Erwachen*

2. Timotheus 2,25+26; Psalm 13; Galater 6,7–9

1. Wie haben Sie auf dieses Kapitel reagiert? Was war besonders herausragend und warum?

2. Welche Parallelen können Sie zwischen den Bibelversen und den Symbolen in der Geschichte sehen?

3. Haben Sie sich bereits einmal wie Ivan gefühlt, entmutigt im Glauben, mit dem Gefühl, dass Sie alles getan haben, worum Gott Sie bittet, nur dass er sich nicht an die Abmachung hält?

4. Denken Sie, dass es einen besseren Weg zum Leben geben muss? Ein Leben, in dem wir sofort all das Eifern, Suchen, Durstigsein und Kämpfen im Glauben ersetzen könnten? Erklären Sie.

Sprechen Sie mit Gott über Ihre Hoffnungen und Träume in Ihrer Beziehung.

Kapitel 8: *Das Buch des Lebens*

Hebräer 4,12; 2. Timotheus 3,16; Johannes 5,39+40

1. Wie haben Sie auf dieses Kapitel reagiert? Was war besonders herausragend und warum?

2. Welche Parallelen können Sie zwischen den Bibelversen und den Symbolen in der Geschichte sehen?

3. Reagieren Sie auf die Aussage: „Wenn wir das Buch berühren, vermischt sich unsere Persönlichkeit mit der Botschaft. Wir tendieren dazu, die Bibel und ihre Botschaft so zu sehen, wie wir sind, nicht wie sie ist."

4. Reagieren Sie auf die Aussage: „Obwohl das Wort des Königs und seine Wahrheit sich überhaupt nicht verändern, verändert sich immer unsere Perspektive und Wahrnehmung. In einem gewissen Sinne wird das Buch für uns das, von dem wir denken, wofür es da ist."

5. Wie wirkt sich Ihre Sichtweise darauf, was die Bibel ist und tut, auf ihre Erfahrungen von Gott aus?

Seien Sie total ehrlich mit Gott, was Ihre Freude und Ihre Erfahrung mit der Bibel angeht. Bitten Sie ihn, Ihnen zu helfen, die Bibel als das Buch des Lebens zu sehen und zu erkennen.

Kapitel 9: *Gnade*

Epheser 2,8+9; Römer 5,1+2; Kolosser 2,13+14; Hebräer 10,19–22

1. Wie haben Sie auf dieses Kapitel reagiert? Was war besonders herausragend und warum?

2. Welche Parallelen können Sie zwischen den Bibelversen und den Symbolen in der Geschichte sehen?

3. Wie fühlt es sich an, zu wissen, dass wir buchstäblich auf der Gnade Gottes als Grundlage für unser Leben laufen?

4. Schließen Sie die Augen und stellen Sie sich das vor, was Ivan getan hat. Laufen Sie den Hügel hoch zum Kreuz. Schauen Sie Jesus in die Augen. Achten Sie darauf, wie er Ihre Liste nimmt und ans Kreuz nagelt. Was bewegt sich in Ihrem Herzen und Kopf, während Sie dies beobachten und erspüren?

5. Haben Sie jemals die Bedeutung davon verstanden, dass die Tatsache, „sich Gott zu nahen", das Ziel verfehlt? Oder dass ihn zu suchen nicht notwendig ist? Erklären Sie.

6. Wie könnte ein beständiges Bewusstsein für Gottes Gegenwart überall in Ihrem Leben und in Ihnen die Art und Weise, wie Sie leben, verändern?

Bitten Sie Gott, Ihnen die Augen und das Herz für seine Gegenwart zu öffnen.

Kapitel 10: *Gestillt*

Johannes 4,13–15; 6,35.36.51.56; 7,37–39; Jeremia 2,13

1. Wie haben Sie auf dieses Kapitel reagiert? Was war besonders herausragend und warum?

2. Welche Parallelen können Sie zwischen den Bibelversen und den Symbolen in der Geschichte sehen?

3. Warum denken Sie, haben wir darauf bestanden, dass der Hunger und Durst nach Gott eine Tugend ist, während Jesus klar davon spricht, dass er gekommen ist, um genau diesen Hunger und Durst zu stillen?

4. Wie geht es Ihnen damit? Hungern und/oder dürsten Sie nach Gott?

5. Was ist potenziell gefährlich daran, dass der Hunger und Durst nicht in Jesus gestillt werden? Verallgemeinern Sie nicht: Was steht auf dem

Spiel für Ihre Persönlichkeit? Für welche Versuchungen sind Sie besonders anfällig?

Bitten Sie Gott im Gebet, Ihnen die Augen des Herzens zu öffnen, damit Sie die Wirklichkeit der Quelle des lebendigen Wassers in Ihnen empfangen können.

Kapitel 11: *Rhythmus*

Psalm 23; Johannes 3,5–8; Galater 5,22–25; Johannes 5,19–21

1. Wie haben Sie auf dieses Kapitel reagiert? Was war besonders herausragend und warum?
2. Welche Parallelen können Sie zwischen den Bibelversen und den Symbolen in der Geschichte sehen?
3. Antworten Sie auf das Konzept, dass Routine ein armseliger Ersatz für den Rhythmus des geistlichen Lebens ist.
4. Antworten Sie auf die Aussage des Königs: „Ich habe nie von dir verlangt, (in deinem christlichen Leben) ausgewogen zu sein ... Ich habe dich darum gebeten, leidenschaftlich zu sein. Ganz und gar mir zu gehören."
5. Finden Sie dieses Kapitel befreiend oder jagt es Ihnen Angst ein? Erklären Sie.
6. Was wäre von Ihrer Beziehung mit Gott übrig, wenn all die religiöse Routine plötzlich wegfallen würde?
7. Was können Sie von Ivans Vorfall mit dem Jungen lernen?

Bitten Sie Gott darum, Sie von der steifen Routine zu befreien, die wahre Leidenschaft erstickt.

Kapitel 12: *Sieg*

Kolosser 2,9–10.14; Hebräer 2,14–16; 1. Johannes 4,3–4; Offenbarung 12,7–11; Apostelgeschichte 16,16–18

1. Wie haben Sie auf dieses Kapitel reagiert? Was war besonders herausragend und warum?
2. Welche Parallelen können Sie zwischen den Bibelversen und den Symbolen in der Geschichte sehen?
3. In den jüngsten Jahrzehnten hat sich eine durchdachte Theologie des geistlichen Kampfes um das Verständnis entwickelt, dass Gott und Satan sich in der geistlichen Welt momentan im Krieg befinden. Inwieweit tragen die oben erwähnten Bibelstellen zu dieser Diskussion bei?

4. In diesem Kapitel sagt der König: „Mein Krieg ist vorbei, oder ich könnte keine Autorität über sie haben." Dies ist der Grund, warum Krieg ein ungelöster Machtkampf ist, wohingegen es bei Autorität darum geht, an der Macht zu sein und das Recht, zu herrschen, auszuüben. Reagieren Sie auf dieses Konzept.

5. Hat dieses Kapitel Ihnen geholfen, einige Ihrer Befürchtungen, die Sie über Satan und seine Dämonen hatten, zu überwinden? Erklären Sie.

Danken Sie Jesus für seinen Sieg und bitten Sie ihn, dass Sie dies auch wirklich glauben.

Kapitel 13: *Veränderung*

1. Petrus 1,3–9; Hebräer 12,22–24; Matthäus 6,9–13

1. Wie haben Sie auf dieses Kapitel reagiert? Was war besonders herausragend und warum?

2. Welche Parallelen können Sie zwischen den Bibelversen und den Symbolen in der Geschichte sehen?

3. Was denken Sie: Wie wichtig ist es, mit der inneren Überzeugung zu leben, dass die unsichtbare Wirklichkeit des Königreiches genauso real ist wie der Boden, auf dem wir laufen?

4. Jetzt, da dieses Gleichnis beendet ist, welche Wahrheit nagt an Ihnen oder brennt in Ihrer Seele? Welche davon möchten Sie mehr im Glauben annehmen und umfassen? Erläutern Sie.

5. Welche Ideen und Konzepte des Buches finden Sie schwer zu verstehen oder können Sie nur schwer annehmen? Warum?

6. Welche der Wahrheiten könnten am schwersten im Alltag auszuleben sein? Warum?

Beten Sie Epheser 1,17–21 und 3,16–21 als persönliches Gebet.

Fragen: Brad Huebert
Übersetzung: Maria Hofmeister, Köln